변혁 1990

1990

36

천지무천 장편소설

FUSION FANTASTIC STORY

변혁 1990 36권

천지무천 장편 소설

초판 1쇄 찍은 날 § 2018년 8월 29일
초판 1쇄 펴낸 날 § 2018년 9월 5일

지은이 § 천지무천
펴낸이 § 서경석

편집책임 § 김경민
편집 § 이종식

펴낸곳 § 도서출판 청어람
등록번호 § 제1081-1-89호
등록일자 § 1999. 5. 31
어람번호 § 제1-2950호

주소 § 경기도 부천시 부일로 483번길 40 서경B/D 3F (우) 14640
전화 § 032-656-4452 팩스 § 032-656-4453
http://www.chungeoram.com
E-mail § chungeorambook@daum.net

ISBN 979-11-04-91818-6 04810
ISBN 978-89-251-3388-1 (세트)

변혁
1990

천지무천 장편소설

36

FUSION FANTASTIC STORY

CONTENTS

Chapter 1

"테닛 국장이 약속을 지킬 수 있을까요?"

코사크의 대표 이고리가 물었다.

"음, 약속을 지켜야지만 CIA를 되찾을 수 있겠지. 군산복합체가 CIA를 되찾기 위해 움직인다고 볼 수 있으니까 말이야."

군산 복합체(Military—industrial complex)는 미국의 국가 내의 국가라고 불리며, 미국에 의한 세계 지배(패권 운영)를 주관하는 세력이다.

군산 세력은 웨스트 세력과 같은 길을 걸었지만, 군산 복합체의 성장에 지대한 영향을 끼쳤던 소비에트연방의 붕괴가 분열을 가져왔다.

소련의 붕괴는 군산 복합체의 구심점인 군수 산업과 국방부, 그리고 첩보기관의 예산 감축을 불러왔다.

냉전 시대의 전쟁 직전과 같은 일촉즉발의 긴장과 격렬한 움직임이 사라져 버린 지금, 미국의 군사비 증가가 요원하게 된 것이다.

여기에 동맹국에 무기를 판매하거나, 대미 종속으로 인한 군산의 이익과 권력(국제 패권)이 축소되는 상황이 된 것이다.

이 때문에 군산은 웨스트가 자신의 세력을 축소하기 위해 소련의 붕괴를 앞당겼다고 생각했다.

"웨스트가 그냥 바라보고만 있지는 않겠습니다."

"어딘가에서 뭔가를 준비하고 있겠지. 군산이 CIA를 차지하게 되면 NSA(National Security Agency: 국가안보국)와 DIA(Defense Intelligence Agency: 국방정보국)까지 영향력이 확대될 테니까."

테닛 국장의 말을 빌리면 웨스트는 CIA와 NSA에 상당한 영향력을 가지고 있었고 군산은 DIA에 힘을 행사했다.

"이 기회를 놓치지 말아야겠습니다."

코사크정보센터장인 쿠즈민의 말이었다.

"물론이지. 저들이 분열한 것은 하늘이 준 기회야. 미국을 지탱하는 한 축이 무너지면 우리가 그 빈자리를 차지할 수도 있으니까."

미국의 금융과 언론을 장악하고 있는 웨스트가 무너진다면 세계 경제 또한 달라진다.

"저들은 쉽게 자신의 이권을 넘겨주지 않으려고 할 것입니다."

김만철 경호실장의 말이었다.

"맞는 말씀입니다. 이 기회를 통해 우리는 많은 것을 얻어내야 합니다. 그렇기 위해서는 CIA의 혼란이 계속되어야겠지요."

나는 결코 테닛 국장이 의도한 대로 일이 흘러가게 하지 않을 예정이다.

테닛 국장의 뒤에 있는 군산의 움직임에 굳이 손발을 맞추어줄 필요성은 없었다.

"그렇다면 에임스 부국장를 이대로 그냥 두실 예정이십니까?"

"양쪽의 패를 모두 보고서 움직이는 것도 나쁘지 않잖아. 에임스는 어디에 있나?"

"영국 런던에 머물고 있습니다."

내 말에 쿠즈민 정보센터장이 대답했다.

"영국이라? 그쪽은 왜 간 거지?"

에임스 부국장은 한동안 프랑스 파리에서 움직이지 않았었다.

"지금까지 파악한 바로는 에임스는 유럽 쪽 정보 책임자들과 상당한 친분을 유지하고 있었습니다. 영국 MI6의 소오스 국장을 만나기 위해서일 수도 있습니다. 존 소오스와는 적지 않은 작전을 함께 진행했습니다."

"음, 뭔가 구린내가 날 것 같은 모양새인데……."

테닛 국장을 통해서 에임스 부국장이 상당한 어려움에 부닥쳐 있다는 것을 알게 되었다.

그 이유는 모두 나로 비롯된 것이었다.

내 목숨을 노렸던 작전들이 성공하지 못하고 실패했기 때문이다.

*　　　*　　　*

테닛 CIA 국장은 신의주 특별행정구에 하루 동안 더 머물며 변화된 신의주를 둘러보았다.

그는 변화의 물결이 몰아치고 있는 중국의 상하이와 베이징에 비견되는 신의주의 놀라운 경제 성장과 주민들의 변화를 목격했다.

가장 먼저 눈에 띄는 것은 주민들의 옷차림과 건강함이 느껴지는 얼굴이었다.

북한 김정일의 통치 시절, 고난의 행진을 통해 수많은 아사자가 발생했다.

한마디로 북한은 주민들의 의식주를 해결하지 못했고 그중에서도 먹는 문제가 가장 큰 문제였다.

지금도 북한의 식량 문제가 모두 해결된 것은 아니었다.

하지만 신의주 특별행정구나 신의주 일대에서는 먹지 못해 피골이 상접한 주민들을 전혀 볼 수 없었다.

중국과 연결된 다리를 통해 주민들의 왕래도 자유로웠다.

이제는 죽음을 무릅쓰고 북한을 탈출하려는 사람들이 현격히 줄어들었다.

먹거리와 생활용품을 구하기 위해 중국의 단둥으로 넘어가던 일은 이제 먼 옛날 일이었다.

이제는 오히려 중국인들이 품질이 뛰어나고 가격 경쟁력까지 있는 특별행정구의 제품들을 사기 위해 신의주로 몰려들었다.

"정말 놀라워. 이곳이 북한이라는 것이 믿어지지가 않아."

신의주시와 시장을 둘러본 테닛 국장은 활기가 넘치는 모습에 놀라움을 감추지 못했다.

신의주에는 테닛과 같은 미국인을 비롯하여 유럽, 러시아, 몽골, 중국, 일본, 동남아에서 온 사람들로 북적거렸다.

거리를 아무렇지 않게 활보하는 테닛을 특별하게 쳐다보는 북한인들도 없었다.

한마디로 신의주는 별세계였다.

"달러와 엔화로도 물건을 마음대로 사고팔 수 있다고 합니다."

동아시아 현장 책임자인 로건이 대답했다.

"조금만 더 있으면 홍콩과 별반 다르지 않겠어."

새롭게 지어지는 상가와 건물들이 도시를 바꾸어가고 있었다.

더구나 지어지는 건물들은 하나같이 특색이 있었고 디자인에도 신경을 쓰는 모습이었다.

획일적이고 삭막한 건물들이 아니었다.

"이 모든 게 강태수 회장의 작품이라고 합니다. 특별행정구뿐만 아니라 신의주 일대를 비롯한 평안북도가 그의 영향력 아래에 있다고 봐야 합니다."

"한 개인의 역량으로 이 모든 것이 가능해졌다는 것이 정말 놀라울 뿐이야. 에임스가 강태수를 그토록 노린 것이 이

해가 되기도 해."

"이 나라에 강 회장이 있다는 것은 큰 축복이 될 것입니다. 한국 내 기업들이 움츠리고 있는 상황에서 닉스홀딩스만이 활발하게 기업들을 인수하고 있습니다."

"음, 그렇겠지. 한데 러시아에서는 생각만큼 강 회장이 힘을 쓰지 않는 것 같아?"

"예, 심각한 상황으로 흘러가는데도 별다른 움직임이 없습니다. 오히려 소빈뱅크와 룩오일NY의 자산이 외부로 빠져나가는 경향을 보였습니다."

CIA는 러시아의 상황을 계속 주시하고 있었다.

룩오일NY Inc에서 닉스정유와 닉스에너지에 공급하는 원유와 천연가스 결제 대금은 러시아의 소빈뱅크가 아닌 소빈뱅크 서울 지점에 예치되었다.

미국과 유럽, 그리고 아시아에 자리를 잡고 있는 소빈뱅크 지점들도 달러를 러시아에 보내지 않았다.

"뭐, 경제 전쟁은 우리가 관여할 상황이 아니니까. 우린 CIA를 원래대로 대통령의 직속으로 돌려놓는 역할만 하면 돼."

웨스트와 이스트가 진행하고 있는 레드작전으로 아시아와 러시아의 경제는 점점 더 어려움에 빠져들었다.

*　　　*　　　*

외환 위기란 외화 유출의 지속과 자국 화폐에 대한 투기적인 공격으로 통화가치가 급격하게 절하되고, 외환 보유고가 급격히 감소하는 등 대외 지급 능력에 문제가 발생하는 상황으로 정의할 수 있다.

이러한 외환 위기 극복을 위해 한국은 IMF의 합의 내용을 바탕으로 하여, 단기적으로는 외환시장 안정과 경상수지 적자 해소, 그리고 보유 외환 확충을 목표로 삼았다.

중장기적으로는 구조조정을 단행하여 경제 금융 구조의 체질 개선을 목표로 하였다.

IMF는 IMF 프로그램(IMF Financial Program)을 통해 역할을 수행하는데 이는 크게 안정화 정책과 구조조정으로 구성된다.

안정화 정책은 단기 총수요 조절 정책이라고도 불리며 대표적인 정책으로는 평가절하와 인플레이션 억제 정책이 있다.

평가절하 정책은 환율 조정을 통하여 수출을 장려하여 외화를 조달하고 고금리 정책을 통해 외국 자본의 유입 증대를 목표로 한다.

인플레이션 억제 정책은 평가절하에 따른 인플레이션을

방지하고자 하는 것으로 통화 공급을 축소하고 임금 억제책을 통한 물가 안정을 꾀한다.

한편 구조조정은 대내외적인 시장 개방과 중장기적인 제도 개선, 시스템 정비를 통해 시장의 자율성을 회복시키는 것을 의미한다.

시장 개방을 통해 자본과 재화의 자유로운 이동을 추진하는 한편 중장기적으로 구조조정을 통해 시장의 기능을 회복시키는 것을 목표로 삼고 있다.

IMF의 이러한 정책에 대하여 정부는 물론 일부 학자들은 강도 높은 긴축정책이 일으킬 수 있는 문제점과 우리나라의 외환 위기는 단기 유동성 부족에 기인한 것임을 이유로 이견을 제기하였다.

이들은 IMF 프로그램에 따른 경제정책 운용이 외환 위기 극복을 돕기보다는 오히려 금융 부문의 유동성 위기를 심화시키고 경제적 불안정성을 확대한다고 강력하게 주장했다.

정부가 바라본 것처럼 IMF 프로그램에 따른 고금리 정책은 국내 자금 시장을 경색시키고 유동성 부족을 일으켜 98년에 들어서도 나산그룹, 극동건설, 대명그룹, 거평그룹 등 기업들이 연쇄적으로 도산하고 실업률이 급증하였다.

그 결과 1998년 1/4분기 GDP는 지난해 같은 기간보다

3.8% 감소하였으며 2/4분기에는 더욱 악화되어 6.6% 감소를 예상하였다.

신의주에서 돌아오자마자 한국 경제와 관련된 회의가 이어졌다.

예상했던 것보다 한국 경제가 좋지 않은 쪽으로 흘러가고 있었다.

"IMF가 한국의 특수성을 배제한 채 동유럽과 멕시코에 적용했던 프로그램을 그대로 한국에 적용하고 있습니다. 여기에 미국과 유럽 기업들이 국제시장에서 경쟁하던 한국 내 기업들을 인수하거나, 인수 제의 조건을 내세워 기업 비밀을 요구하고 있습니다. 일본 기업들도 가격 할인을 통해서 한국 내 경쟁사를 압박하고 있습니다."

김동진 비서실장의 보고처럼 주변국들은 어려운 상황에 처한 나라를 돕는 것처럼 보였지만 실상은 하이에나 떼처럼 달려들고 있었다.

이참에 한국의 경쟁사를 고사시키려는 전략을 펴는 외국 기업들도 적지 않았다.

"처음부터 경쟁력이 없는 기업들은 도태되는 것이 맞습니다. 하지만 지금 IMF가 진행하는 프로그램은 한국 내 경제 상황과는 어울리지 않는 점이 적지 않습니다. 그러나 이러한 상황을 감안하더라도 우리나라 경제의 구조적 문제점이 예상했던 것보다 심각하다고 볼 수 있습니다."

"예, 저희 예측보다도 GDP의 감소 추세가 너무 빠릅니다. 더구나 일본 기업들의 덤핑 공세까지 가해지자 수출 기업들에 적잖은 어려움이 발생한 것 같습니다. 환율 상승으로 수출 기업에는 유리한 환경이지만 그와 더불어서 수입 원자재 가격 또한 상승하게 되는 요인이 되었습니다."

닉스경제연구소의 정책실장인 정욱한 책임연구원의 말이었다.

"가장 큰 문제는 자금 경색입니다. 은행과 보험회사의 본격적인 구조조정이 진행되자 시중에 돈이 더욱 돌지 않게 되었습니다. 이대로 가다가는 살아남은 기업들도……."

정부는 금융정책을 크게 두 가지 목표하에 적극적으로 추진하였는데, 이는 부실 금융기관을 정리하여 금융 시스템을 정상화하는 금융 구조조정과 차후의 외환 금융 위기를 예방하기 위한 금융 안전망의 정비 및 개선이었다.

이를 위해 먼저 부실 금융기관 중 회생 가능성이 희박한 금융기관을 정리하고 나머지 금융기관에 대해서는 공적 자금을 투입하여 금융 중개 기능을 정상화하는 데 집중하였다.

현재 퇴출당한 금융기관은 은행권 중에서는 대동, 동남,

동화, 경기, 충청은행 등 5개사였고, 생명보험사 중에서는 국제, BYC, 태양 등 3개사며, 증권사 중에서는 고려, 동서 증권이 있었다.

"좋습니다. 소빈뱅크를 통해서 국내 기업들에 대한 자금을 좀 더 융통해 주는 방향으로……."

그때였다.

김만철 경호실장이 급하게 회의실로 들어와 나에게 다가왔다.

회의 중에는 웬만한 일이 아니면 들어오지 않았다.

"회의 중에 죄송합니다. 급히 드릴 말씀이 있습니다."

"잠시 휴식 시간을 갖겠습니다."

김만철의 말에 휴게실로 향했다.

"CIA 에임스 부국장이 만나자는 연락을 해왔습니다."

"에임스가 말입니까?"

"예, 무슨 의도인지는 모르겠지만, 회장님을 꼭 만나기를 원하는 눈치였습니다. 회장님과 만나게 되면 이스트와 웨스트에 대한 정보를 제공하겠다는 말도 함께 전해왔습니다."

"음, 테닛 국장에 이어서 에임스까지 날 만나겠다. 장소는요?"

CIA의 핵심이라고 할 수 있는 두 인물 모두가 날 원하고 있었다.

　"런던입니다."

Chapter 2

다음 주 런던에서 개최되는 OPEC 긴급회의에 룩오일NY Inc가 옵서버 자격으로 참석한다.

러시아에서 생산되는 원유와 천연가스 생산의 60% 이상을 책임지고 있는 룩오일 Inc를 OPEC은 무시할 수 없었다.

나 또한 OPEC 회의에 참석을 검토 중이었다.

한편으로는 닉스가 인수한 맨체스터 유나이티드의 홈구장인 올드 트래포드 경기장의 시설 확장 공사가 마무리되어 완공식을 앞두고 있었다.

닉스가 8억 달러를 들여 맨체스터 유나이티드를 인수한

후 2억 달러를 별도로 투자해 홈구장 확장 공사와 새로운 선수들을 영입했다.

기존 44,000석 규모의 구장에서 13,000석이 늘어나 57,000명을 수용하는 구장으로 확장한 것이다.

더불어서 확장된 공간에는 맨유 박물관을 세웠고 반대편에는 트로피 전시실을 비롯하여 레스토랑(Red Cafe), 스카이 박스 등이 새롭게 만들어졌다.

앞으로도 더 많은 관중들이 관람할 수 있게 경기장을 계속 확장할 예정이다.

그것은 곧 맨체스터 유나이티드의 수입과도 직결되기 때문이다.

"런던을 방문해 여러 가지 일을 처리하는 것도 나쁘지 않겠습니다. OPEC과의 협의도 중요한 시기에 이루어지니까요."

국제 석유 가격의 급락은 러시아나 룩오일NY에 있어서도 반가운 일은 아니었다.

룩오일NY에 있어 금융과 함께 그룹의 양대 축인 석유값 안정은 필요했다.

그러기 위해서는 OPEC 회원국과 함께 원유 생산과 감축에 대한 이야기를 나눌 필요성이 있었다.

"예, 그리고 맨유 구단에서도 올드 트래포드 경기장의 개축 행사에 구단주이신 회장님께서 참석하기를 원하고 있습니다."

"일정을 짜보도록 하세요. 간만에 축구 경기를 보는 것도 기분 전환이 될 테니까요."

김동진 비서실장의 보고에 런던행을 마음먹었다.

"예, 그럼 루슬란 비서실장과 협의를 하겠습니다."

오펙 회의에 참석하는 것은 룩오일NY와 연관된 일이었다.

김동진 비서실장이 나가자 한강이 한눈에 들어오는 창가로 몸을 돌렸다.

해가 넘어가고 있는 한강 위 하늘에는 아름다운 붉은 노을이 불타오르고 있었다.

"런던에 가면 여러 가지 일들이 생기겠지."

CIA의 에임스 부국장이 영국 런던행을 선택한 이유에 대해서 여러모로 조사가 벌어지고 있었다.

날 만나기 위해서 신의주로 날아온 테닛 국장과 달리 장소를 에임스가 정했기 때문이다.

"후! 런던으로 가기 전에 예인이를 찾았으면 좋겠는데……."

예인이로 보이는 여자가 닉스하얏트의 보안 카메라에 잡

혔다.

하지만 어두운 밤에 찍힌 카메라의 영상은 동행한 남자에 가려 자세한 얼굴이 나오지 못했다.

동행한 남자는 한라그룹의 정문호로 밝혀졌고, 그는 지금 반병신이 되어 병원에 누워 있었다.

확인된 결과 정신적인 큰 충격으로 인해 치료가 끝난 후에도 정상적인 일상생활을 할 수 없었다.

정문호가 그러한 일을 당했다는 것은 동행한 여자가 예인이일 가능성이 컸다.

*   *   *

회사 일을 마치고 집으로 돌아왔다.

퇴근 후 평소 같으면 가인이는 내 방으로 들어와 왜 이리 퇴근이 늦느냐며 나에게 투정을 부렸겠지만, 지금은 일찍 퇴근해도 좋아하는 기색이 없었다.

가인이는 예인이의 실종 이후 점점 말수가 적어졌다.

예인이가 실종된 것도 문제지만 정상적인 몸 상태가 아니라는 것이 가인이의 마음을 더 아프게 한 것 같았다.

나는 옷을 갈아입자마자 가인이의 방으로 향했다.

똑똑!

"들어와."

"밥은 먹었어?"

"아니, 같이 먹으려고 기다렸어. 요즘 계속 일찍 들어오네?"

"중요한 일들은 거의 처리가 되어서. 뭐 맛있는 것 좀 먹으러 갈래?"

"밖에 나가려면 복잡하잖아. 경호원들도 우르르 데리고 나가야 하고."

가인이의 말처럼 흑천의 본거지를 괴멸시켰지만, 잔당들을 처리하기 전까지는 조심하는 것이 좋았다.

"그럼, 집에서 먹을까?"

"통닭이나 한 마리 시켜서 옥상에 올라가자. 오빠가 말한 것에 대해 대답도 할 겸 말이야."

"그래, 알았어. 내가 시키고 올게."

동네 치킨집에 주문을 하고는 옥상으로 올라갔다.

옥상에도 잔디와 함께 작은 나무들이 심어진 정원이 있었다.

가인이는 맥주와 간단한 안주거리를 챙겨왔다.

"아직 소식이 없지?"

가인이가 차가운 맥주 캔을 내게 건네며 물었다.

"응, 열심히 찾고 있긴 한데… 예인이가 너무 잘 숨는 것 같아."

인원을 더 배정해서 열심히 찾고 있었지만 닉스하얏트호텔에서 모습을 보인 이후로는 예인이의 모습을 더는 볼 수 없었다.

"살아 있다는 것이 중요하잖아. 그런 식으로라도 모습을 보여준 게 난 고마워."

가인이는 닉스하얏트의 보안 카메라에 찍힌 여자를 예인이로 확신하고 있었다.

예인이가 살아 있다는 것을 받아들인 순간부터 가인이의 표정이 조금은 풀리는 듯했다.

"그런데 왜 돌아오지 않는 걸까?'

나 또한 예인이가 맞을 것이라는 느낌이 들었다.

하지만 집으로 돌아오지 않고 있는 예인이의 행동을 이해하지 못했다.

"지금 예인이는 싸우고 있을 거야. 아마도 싸움이 끝나야만 집으로 돌아올 것 같아."

가인이는 알 듯 모를 듯한 말을 했다.

"누구랑?"

"자기 자신하고."

"혼자서는 해결할 수 없는 문제야."

예인이는 둘 이상의 인격을 가지고 있는 다중인격장애를

앓고 있었다.

전문의의 도움이 필요한 정신 질환이었다.

"원래의 예인이로 돌아오지 않으면 집으로 돌아오지 않을 거야. 지금 예인이의 육체를 차지한 인격이 집으로 돌아오면 치료를 받아야 한다는 것을 알고 있을 테니까."

가인이가 무엇을 말하는지 알 것 같았다.

흑천 토벌 작전 중 흑천의 대종사였던 천산에게 나와 가인이 모두가 죽음을 목전에 두었었다.

그때 누군가의 도움을 받았고, 도움을 준 인물이 예인이었다는 것을 병원 치료 중 가인이에게 들었다.

나와 가인이를 동굴에 안전하게 옮겨두고 떠나는 예인이의 뒷모습을 잠시 정신을 차렸던 가인이가 보았다.

"후! 하루라도 빨리 찾아서 치료를 받게 해야 하는데……."

가인이의 말에 절로 한숨이 나왔다. 예인이에게 너무 많은 빚을 진 것 같아 마음이 무거웠다.

차라리 흑천 토벌 작전을 하지 않았다면 어땠을까? 하는 생각이 한동안 머릿속에서 떠나지 않았다.

한국에서 벌어진 토벌 작전으로 희생된 코사크 대원들에게도 너무나 미안한 감정이 들었다.

희생된 대원들에게 최대한의 보상을 해주었다고는 하지

만 그들의 목숨을 되돌릴 수는 없었다.

"예인이는 누구보다 강한 아이야. 반드시 원래의 모습으로 돌아올 거야. 그러니까 너무 걱정하지 마."

'내가 위로를 해주어야 하는데 오히려 내가 위로를 받고 있으니…….'

"그래, 네 말이 맞아. 예인이는 건강한 모습으로 만날 수 있을 거야."

"자, 그런 의미로 건배하자."

가인이는 자신이 들고 있는 맥주 캔을 내게 내밀며 말했다. 그녀는 내가 생각한 것보다 강한 여자였다.

"원샷이다."

"오케이!"

맥주 캔을 부닥친 후 단숨에 캔을 비웠다.

"캬! 시원하다. 내가 제의했던 것은 결정한 거야?"

난 올해 대학교를 졸업한 가인이에게 닉스홀딩스의 입사를 제의했다.

예인이 문제로 힘들어하는 가인이가 무언가에 몰두하는 것이 좋다는 생각이 들었기 때문이다.

"음, 오빠 옆에서 함께 일하는 것도 나쁘지 않을 것 같아."

가인이는 맥주 캔에서 입을 떼며 말했다.

"잘 생각했어. 하지만 그룹비서실은 설렁설렁한 곳은 아니다. 올해 우리 회사 입사 경쟁률이 장난 아니란 것도 알지?"

IMF 관리 체제 아래 대다수의 국내 기업들은 구조조정을 통해 인력을 줄이는 데 힘을 쏟고 있었다.

더구나 작년부터 30대 그룹 중 11개 그룹이 부도로 인해 법정 관리나 그룹 해체가 이루어졌고, 앞으로 부도가 진행될 회사들도 3~5개였다.

이러다 보니 신입 사원을 뽑는 기업들이 거의 드물었기 때문에 닉스홀딩스가 올해 진행하는 그룹 공채에 엄청난 사람들이 몰렸다.

"잘 알고 있어. 하지만 서울대 문과 수석 졸업생을 무시하면 안 돼."

가인이는 모스크바 폭탄 테러로 인한 장기간의 병원 생활에도 문과 수석을 놓치지 않았다.

"그래서 회장 직권으로 특별 채용하는 거야. 우리 회사에선 웬만한 능력 없이는 특별 채용을 하지 않아."

"회장님께서 알아보셨다는 것은 내가 특별하다는 거네?"

"많이 특별하지. 똑똑하고, 예쁘고, 부모님께도 잘해서 뭐 하나 모난 구석이 없지. 앞으로 회사 업무도 아주 잘할 거라고 생각돼."

"그렇다고 너무 부려먹는 것은 아니겠지?"

"우리 회사는 직원들을 혹사하는 회사가 아니야. 복지 시설도 국내 제일이라고. 물론 일이 많으면 야근도 해야겠지만 그만한 대가는 충분히 지급하니까 걱정하지 마."

"알아. 졸업한 동기들도 모두가 닉스홀딩스에 지원한다고 난리였으니까. 회사에서는 공과 사를 지켜야겠지?"

가인이는 내 어깨에 머리를 기대며 물었다.

"너무 티가 나게 행동하지 않을 정도만."

난 그런 가인이의 머릿결을 매만졌다.

부드럽고 좋은 향기가 나는 가인이의 머리카락은 어느새 길게 자라 있었다.

*　　　*　　　*

영국 켄트에 자리 잡은 리즈성에는 두 남자가 이야기를 나누고 있었다.

"소빈뱅크를 넘겨준다. 웨스트 쪽이 쉽지 않은 결정을 한 것 같군."

최고급 소파에 앉아 애완동물로 기르는 치타를 쓰다듬고 있는 데이비드 로스차일드 II의 표정은 여유로웠다.

"CIA 에임스 부국장이 코너로 몰린 것 같습니다. 에임스는 표도르 강을 잡기 위해 재규어를 런던에 풀어놓기를 원합니다."

"음, 놈들은 너무 충동적이라 런던을 쑥대밭으로 만들 수도 있지 않나?"

MI6 존 소오스 국장의 보고에 데이비드 로스차일드 II의 미간이 살짝 일그러졌다.

"SAS를 동원하지 못하는 상황에서 확실하게 표도르 강을 잡으려면 재규어가 필요하긴 합니다. 사냥이 끝나면 재규어는 모두 사살할 예정입니다. 통제를 벗어나려는 재규어의 폐기가 필요한 시점이기도 합니다."

"어떤 방법으로?"

"구르카 용병들로 울타리를 칠 것입니다. 울타리를 벗어나는 재규어는 SAS가 책임질 것입니다."

"만약 실패하면?"

"저희가 개입했다는 증거는 없습니다. 모두 CIA가 뒤집어쓰도록 할 것입니다."

"실패해도 뒤탈은 없다는 건가?"

"예, 에임스 부국장이 그 책임을 모두 가져갈 것입니다. 웨스트의 마스터도 허락했습니다."

"장소는 어디로 삼았나?"

"OPEC 회의가 열리는 닉스메리어트호텔입니다. 그곳에서 에임스와 표도르 강이 만나기로 했습니다."

닉스호텔이 인수한 닉스메리어트호텔은 템즈강의 타워 브리지가 훤히 보이는 최상급 호텔이었다.

"테러를 가장한 공격인가?"

"예, 표면적으로는 표도르 강을 노리는 것이 아닌 OPEC 회의를 목표로 삼은 것입니다. 러시아와 언론을 속이기에도 좋은 방법입니다."

"나쁘지 않군. 만약 이번에도 표도르 강이 살아남는다면 파트너로서 고려를 해봐야겠어."

데이비드 로스차일드 II가 강하게 치타의 목덜미를 움켜쥐자 치타는 신경질적인 반응을 보였다.

크르릉!

하지만 자신의 주인이 누구인지 잘 알고 있는지 그 이상의 반응을 보이지 않았다.

*   *   *

코사크 정보센터와 FSB(러시아연방보안국)는 에임스 부국장의 행적을 면밀히 검토했다.

그의 런던행이 이루어진 이후부터 영국의 MI6와 미국의 CIA 두 기관의 움직임을 철저히 관찰했다.

"에임스가 영국에 도착하고 난 후 두 가지 변화가 있었습니다. 영국에서 고용한 구르카 용병부대가 대거 런던으로 집결했습니다. 또 하나는 모로코의 미군 기지에서 신원 미상의 부대가 로지미스 공군기지에 도착했습니다."

코사크 정보센터를 맡고 있는 쿠즈민의 보고였다.

로지미스 공군기지는 영국 왕립 공군의 주요 기지 중 하나였다.

"역시나 놈들이 또 수작을 부리는 것 같습니다. 런던행을 취소하시지요."

쿠즈민의 말에 김만철 경호실장이 신경질적으로 반응했다.

"음, CIA가 주도한 일이 아닐 수도 있습니다."

"그럼 에임스 부국장이 독자적으로 움직인다는 말씀이십니까?"

티토브 정이 내 말에 반문했다.

"에임스와 그를 따르는 인물들이 진행하는 일일 공산이 큽니다. 테닛 국장은 아직 CIA 유럽 조직을 완전히 장악하지 못했다고 했습니다."

"그럼, 영국의 MI6가 에임스와 손을 잡은 거로 봐야겠군요?"

"그럴 가능성이 충분합니다. MI6은 이스트의 영향력 아래에 있다고 할 수 있으니까요."

김만철의 말에 난 고개를 끄덕이며 답했다.

"만약 구르카 용병부대가 회장님을 공격하면 국제적인 문제로 이어질 것입니다. 영국은 물론이고 구르카의 고향인 네팔도 무사하지 못할 테니까요."

쿠즈민의 말처럼 날 공격하는 대가는 컸다.

영국과 네팔이 연관되었다면 두 나라는 코사크뿐만 아니라 러시아 특수부대의 공격을 받을 것이다.

아직 CIA와 MI6는 러시아의 FSB와 GRU(러시아군 총정보국)이 내 손에 완전히 떨어졌다는 것을 파악하지 못했다.

더구나 이들 산하의 특수부대는 내 명령이 떨어지면 런던과 워싱턴도 공격할 수 있었다.

"테닛 국장에게 이 사실을 확인하는 것이 좋겠습니다. 모로코의 미군 기지에서 출발한 부대라면 테닛도 확인할 수 있을 테니까요."

"런던행을 강행하겠다는 말씀이십니까?"

김만철 비서실장의 물었다.

"웨스트와의 한판 승부를 위해서는 CIA에 큰 빛을 지도록 해야 합니다. 더구나 테닛은 우리가 에임스 부국장을 처리하길 원하니까요."

테닛 국장은 에임스의 제거를 코사크가 해주길 원했다.

"대비를 한다고 해도 큰 위험이 따릅니다."

김만철의 걱정은 늘 나의 안전이었다.

"웨스트를 상대하기 위해서는 CIA의 도움이 꼭 필요합니다. 더구나 CIA의 도움 없이는 코사크가 미국에서 활동할 수 없습니다."

러시아를 벗어나 동유럽으로 확장 중인 코사크를 미국에 진출시킬 계획을 하고 있었다.

문제는 코사크의 활동에 미국의 CIA나 FBI가 제동을 걸 수 있다는 것이다.

"그렇다 해도 저는 회장님의 안전이 제일 우선입니다. 경호실에서 준비할 시간도 너무 촉박합니다."

일반적인 경호라면 문제가 없었다. 하지만 구린내가 나는 런던의 사정상 철저한 대비가 필요했다.

"좋습니다. 시간이 얼마나 더 필요합니까?"

"일주일은 주셔야 합니다."

"일주일이면 OPEC 회의에도 참석할 수 없습니다. 더구나 일주일이나 시간을 늦추면 에임스가 의심할 것입니다."

"그럼, 최소한 3일은 더 주셔야 합니다."

"이틀로 하지요. 러시아의 일 처리 때문에 늦는 거로 할 테니까요."

"알겠습니다. 대신 테닛 국장에게서 최대한의 정보를 얻어주셔야 합니다."

김만철 경호실장은 마지못해 내 말에 동의했다.

"알겠습니다. 테닛도 이 기회를 통해 CIA 내부를 정리할 명분을 세울 수 있을 테니까요."

만약 에임스가 정말로 움직인다면 CIA 국장에게 보고되지 않은 두 번째 작전이었다.

더구나 그 목표물이 다시금 나로 정해진다면 CIA는 엄청난 후폭풍에 사로잡힐 수 있었다.

*　　　*　　　*

에임스 부국장은 닉스메리어트호텔에서 런던을 가로지르며 흐르는 템즈강을 바라보고 있었다.

OPEC 회의가 열리는 닉스메리어트호텔은 런던에서 떠오르는 명소로 자리 잡았다.

닉스메리어트호텔은 대대적인 리모델링 후 런던에서 열리는 국제회의를 적극적으로 유치해, 런던을 방문하는 유명인들과 왕족들이 이용하는 장소로 만들었기 때문이다.

"표도르 강이 약속된 시간을 이틀 뒤로 미뤘습니다."

"눈치를 챈 건가?"

에임스가 CIA 북유럽 담당인 루카스의 말에 반문했다.

"그렇게 보이지는 않습니다. 그랬다면 아예 약속을 취소 했을 것입니다. 러시아의 경제 문제로 키리엔코 총리를 만 난다고 합니다."

"러시아 문제도 심각한 상태이니까. 이틀은 기다려 줄 수 있지. 그동안 그물을 좀 더 촘촘하게 만들어놔. 절대로 빠 져나갈 수 없게 말이야."

"예, 철저하게 준비를 해놓겠습니다."

루카스는 대답을 한 후 호텔 방을 나갔다. 두 사람 모두 운명의 공동체였다.

에임스 부국장이 몰락하면 루카스 또한 CIA에 머물 수가 없었다.

"놈이 죽을지 아니면 내가 죽을지는 며칠 내로 결정되겠 군. 재규어의 폭주로 이곳이 불타오르면 볼만하겠어. 으하 하하!"

닉스메리어트호텔를 비롯한 주변은 전쟁터를 방불케 할 것이다.

재규어들에게 놓을 주사제는 마약 성분으로 만든 극도의 흥분제로 폭력성을 더욱 자극하는 물질이 포함되었다.

　　　　　*　　　　*　　　　*

　모스크바는 긴 겨울을 끝내고 봄을 맞이했지만, 활기를
잃어가고 있었다.

　동아시아의 외환 위기 여파와 러시아 경제의 구조적인
문제로 인해 어려움에 빠져들었다.

　룩오일NY 계열사들을 제외한 대다수의 기업들이 주가
폭락으로 자금상의 어려움을 겪고 있었다.

　이번 달 들어 러시아의 종합주가지수(RTS)는 40% 가까이
폭락했고, 루블화도 달러당 6.2루블까지 떨어졌다.

　러시아는 지난해 증시가 급등하면서 단기투자자금(핫머
니)이 급증했다.

　하지만 올해 초부터 핫머니가 러시아를 빠르게 빠져나가
자 환율이 더욱 불안해졌다.

　이로 인해 외화 자금이 부족해졌고 러시아의 채권값이
떨어졌다. 채권의 값이 내려가면 반비례로 채권 이자는 폭
등한다.

　이렇게 러시아 주식시장의 폭락과 환율 불안, 그리고 채
권값을 폭락시키는 단계는 이스트와 웨스트 아래에서 움직
이는 투기 세력들의 전략이었다.

　이것은 즉각적으로 채권 금리(수익률)가 올라가게 되어

기존 보유 채권의 이자 부담이 높아질 뿐만 아니라 새로 돈을 빌릴 때의 비용을 점점 더 비싸지게 만드는 것이다.

러시아는 채권의 이자나 만기 도래한 채권을 갚기 위해서는 새로운 채권을 발행해야 하지만, 채권 금리 상승으로 인해 러시아가 감당할 수 없는 이자가 발생한다면 국유재산을 헐값에 넘기거나 자국민들의 희생을 강요할 수밖에 없었다.

투기 세력과 서구의 은행들은 점점 더 러시아의 경제를 코너로 몰아가고 있었다.

외환 위기를 맞이한 한국이 3천억 달러의 국부가 유출될 수 있다면 러시아는 1조 달러에 달할 수도 있었다.

"쇼한 경제부총리가 G7과 민간은행들에 100억 달러 규모의 재무 차관 지원을 요청했습니다. 이와 함께 자도르노프 재무장관이 미국을 방문해 IMF에서도 100억 달러를 추가 지원해 달라고 했습니다."

IMF는 러시아에 대해 1996년 6월 총 102억 달러를 지원하기로 합의했다.

그중 52억 달러가 이미 집행되었다.

"음, 러시아의 외환 보유고가 얼마나 되지?"

"76억 달러입니다. 루블화 방어를 위해 100억 달러 이상을 소진한 것이 문제였습니다. 재무부도 소빈뱅크에 3개월 만기 채권을 매입해 달라고 요청했습니다."

러시아는 점점 더 소빈뱅크에 의지할 수밖에 없는 상황이 되었다.

지난해 러시아의 외화 보유액은 231억 달러였었다. 지금까지 러시아는 보유하고 있는 외화 구매용 금 보유고로 간신히 버티고 있었다.

중앙은행에 보관 중인 외화 구매용 금 보유고는 137억 달러로 빠르게 줄어들었다.

모라토리엄이 발생하는 8월까지 앞으로 얼마나 더 줄어들지는 그 누구도 알지 못했다.

"얼마나?"

"58억4천만 루블(9억4천7백만 달러)입니다. 금리는 67%입니다."

러시아의 중앙은행과 재무부는 외화 수급에 비상이 걸렸다. 또한 가용할 수 있는 자금 부족으로 인해 채권을 지속해서 발행했지만, 경제 불안으로 채권을 매각하는 데 어려움을 겪고 있었다.

"아직은 무너지면 안 되겠지. 좋아, 진행해."

러시아의 모라토리엄 선언은 3개월 후였다.

"알겠습니다. 키리옌코 총리와의 약속 시간은 저녁 6시로 잡았습니다."

현재 키리옌코 총리가 건강상의 문제를 겪고 있는 옐친 대통령을 대신해 러시아의 국정을 운영하고 있었다.

"키리옌코는 별다른 움직임이 없겠지?"

"예, 회장님의 눈 밖에 나면 어떻게 된다는 것을 잘 알고 있습니다. 저희와 충분히 협의하면서 일을 진행하고 있습니다."

러시아의 정관계 주요 인사들은 이제 러시아를 누가 움직이고 있는지 똑똑히 알고 있었다.

러시아의 경제를 죽이고 살리는 것이 룩오일NY에 손에 달렸다는 것도 말이다.

"이제 조금만 참으면 러시아는 지금의 어려움을 충분히 보상받을 수 있을 거야."

경제적인 어려움 속에서 최대한 러시아 국민들의 어려움을 돕기 위해 도시락마트에서 판매하는 생활용품과 식료품의 가격을 최대한 억제하고 올리지 않았다.

러시아의 대도시마다 들어가 있는 도시락마트는 이제 러시아에서 빼놓을 수 없는 국민 마트였다.

현지 공장의 가동과 물자 수송을 담당하는 부란을 통한 물류 비용 감소가 이를 가능케 했다.

＊　　　＊　　　＊

붉은 광장에서 150m 떨어진 곳에 자리 잡은 닉스골든에서 키리엔코 총리를 만났다.

닉스골든은 닉스호텔에서 새롭게 문을 연 호텔로 5성급을 넘어서는 호텔이었다.

붉은 광장을 한눈에 내려다볼 수 있는 위치로 호텔 허가를 낼 수 없는 장소였다.

"다시 뵙게 되어 영광입니다."

키리엔코는 날 보자마자 고개를 깊숙이 숙이며 인사를 건넸다.

현재 러시아의 최고 권력을 행사하고 있는 키리엔코였지만 내 앞에서 그가 쥐고 있는 권력은 무용지물이었다.

"잘 지내셨습니까?"

"회장님의 도움 덕분에 잘 지내고 있습니다. 경제적인 문제만 풀린다면 더할 나위 없이 좋겠습니다."

키리엔코 총리는 러시아 국회에서 옐친 대통령의 권한대행에 대한 인준을 받았다.

국회 인준에서도 나의 도움으로 집권당을 비롯한 공산당과 각 정당이 키리엔코를 지지했다.

"경제적인 어려움은 올해만 참으면 될 것입니다. 재무부가 소빈뱅크에 요청한 채권 매입을 허락했습니다."

"감사합니다. 저도 회장님을 만나면 그 이야기를 꺼내려고 했습니다."

1달러가 아쉬운 상황에서 10억 달러에 달하는 채권 매각은 앞으로 줄줄이 발행해야 하는 채권 발행에도 큰 도움이 되는 일이었다.

이는 바로 러시아의 채권이 안정적이라는 것을 말해주는 일이었다.

다음 주에는 러시아 재무부가 5년 만기 12억5천만 달러어치의 유로본드를 발행할 계획이었다.

"아시아 시장의 여파가 러시아 경제를 흔들고 있지만 훌륭한 지도자를 만난 러시아는 모든 어려움을 이겨낼 것입니다."

키리엔코에게는 앞으로 러시아가 겪게 되는 모라토리엄에 대해 말해주지 않았다.

오로지 닉스홀딩스와 룩오일NY, 그리고 소빈뱅크 핵심 관계자만이 사실을 알고 그에 대해 준비를 하고 있었다.

"하하하! 말씀만 들어도 감사합니다. 회장님이야말로 러시아에 있어 구세주이십니다. 룩오일NY가 버텨주지 않았다면 러시아는 지금 암흑 속에서 헤매고 있을 것입니다."

"하하하! 과찬이십니다. 러시아의 경제가 살아나야지만 룩오일NY도 더욱 활력 있게 움직일 수 있습니다. 저를 비롯한 룩오일NY는 지금보다도 더 열심히 총리님을 돕겠습니다."

"그렇게 말씀해 주시니 정말 감사합니다. 이번 정부 인사 개편안입니다. 전에 말씀해 주신 인사들과 개혁적인 성향의 인사들을 추가했습니다. 보시고서 부족한 부분을 말씀해 주십시오."

키리옌코가 날 방문한 이유는 러시아 정부의 인사 개편 때문이었다.

키리옌코 총리의 권한 강화와 함께 내 입김이 더욱 들어가는 인사들이 주축을 이루었다.

이제 러시아는 내가 의도하는 대로 흘러갈 수밖에 없는 구조가 되었다.

Chapter 3

영국 런던으로 출발하기 전 CIA의 테닛 국장에게서 연락
이 왔다.

모르코의 라라슈에서 출발한 미상의 부대에 관한 내용에
대한 답변이었다.

주러 미국 대사관의 헌츠먼 2등 서기관이 그와 관련된 자
료를 코사크에게 전달했다.

헌츠먼은 새롭게 러시아에 파견된 CIA 요원으로 테닛 국
장의 계열이었다.

"런던에 도착한 부대는 아프리카와 남미에서 활동하던

재규어라는 부대입니다. 재규어는 서유럽과 미국, 그리고 영연방국가에서 활동했던 특수부대 출신들로 구성된 부대로 CIA와 MI6가 진행하는 작전에 주로 투입되어… 문제는 이들로 인해 작전이 벌어진 해당 국가마다 민간인에 대한 피해가 상당히 많이 발생하였습니다. 테닛 국장이 전해준 자료에 따르면 재규어는 이미 폐기된 부대로 나와 있었습니다."

코사크 정보센터장인 쿠즈민의 보고였다.

테닛이 건네준 자료에는 재규어가 어떤 작전에 동원되었는지와 그로 인한 민간인의 피해도 상세하게 설명되어 있었다.

재규어는 한마디로 미국과 영국이 진행했던 지저분한 일에 요긴하게 써먹은 부대였다.

"제가 볼 때는 쓸모가 없어지는 부대를 한 번 더 이용하려는 것 같습니다. 아마도 재규어는 이번 작전이 성공하더라도 현장에서 모두 사살될 것입니다."

한때 KGB에서 그림자 요원으로 활동했었던 티토브 정의 말이었다.

"테닛 국장이 건넨 정보를 살펴볼 때 에임스 부국장이 무리한 도박을 하는 것 같습니다."

김만철 경호실장의 말처럼 에임스는 CIA에서 점점 수세에 몰리고 있었다.

그가 가지고 있던 패들은 하나둘 사라졌고 이제는 용도 폐기하려고 했던 부대까지 동원한 것이다.

"원래 구석에 몰린 쥐가 최후에 순간에는 고양이를 무는 법입니다. 에임스가 진행한 작전 실패가 그 자신을 코너로 몰아붙였습니다."

그동안 날 노린 작전의 실패들이 결국 그의 목을 조르는 형국이 되었다.

이번에도 실패한다면 그는 파멸할 수밖에 없었다.

"이번엔 확실히 쥐를 잡아야겠습니다. 그래야 다시는 다른 쥐들도 고양이에게 달려들지를 못할 테니까요."

"김 실장님의 말처럼 이번 기회에 다른 쥐들에게 경고하게 될 것입니다. 놈들이 날 노릴 장소를 어디로 보나?"

"가장 가능성이 큰 곳은 OPEC 회의가 열리는 닉스메리어트호텔입니다. 화면에서 보시는 것처럼 이 건물과 왼쪽 차선을 막으면 닉스메리어트는 완전히 고립된 형국이 됩니다. 뒤쪽으로 이어지는 길도 2차선이라 외부의 도움을 받기가 쉽지 않습니다. 닉스메리어트호텔은 한마디로 포위 공격을 받기에 알맞은 곳입니다. 더구나 런던이라는 장소와 함께 OPEC 회의를 노려야 하는 위험부담 때문에 테러를 가장한 공격이 예상됩니다."

쿠즈민이 가리킨 화면상의 지도와 사진들에도 닉스메리어트호텔은 외부 공격에 취약하다는 것이 보였다.

물론 전시가 아닌 평상시에 보안이 철저한 고급 호텔이 공격받는 일은 없었다.

더구나 대영제국인 영국의 런던에서 전투가 벌어진다는 것은 상상할 수 없는 일이었다.

공격이 성공하든 실패하든 간에 향후 뒷수습을 위해서도 테러로 생각하도록 만들어야만 했다.

"현재로써는 영국과 분쟁을 벌이고 있는 IRA(아일랜드 공화국군)를 가장한 테러가 가장 유력한 시나리오입니다."

티토브 정이 쿠즈민의 말을 이었다.

IRA는 북아일랜드의 가톨릭계 과격파 무장 조직으로 영국령 북아일랜드의 독립을 요구하며 영국에 테러 활동을 벌이는 조직이다.

1995년 2월 영국과 아일랜드가 도출해 낸 평화안을 불신하여 아직도 강경파에 의한 테러가 벌어지고 있었다.

"음, OPEC 회의를 공격한 재규어를 테러리스트로 규정해 토벌한다면 구르카 용병부대와 SAS를 아무 거리낌 없이 동원할 수 있겠습니다."

"예, 인질 구출과 테러리스트를 제거한다는 명목상 이유를 들어 2차적인 공격을 가할 수도 있습니다. 영국 MI6도

전혀 부담 없는 작전입니다."

내 말에 김만철 경호실장이 호응하며 부가적인 설명을 덧붙였다.

이스트와 웨스트는 자신들의 이익을 위해서는 물불을 가리지 않았다.

자신들로 인해 발생한 피해와 희생에 대해서도 그들 입장에서는 아무런 문젯거리가 되지 않았다.

세계를 자신들의 수중에 넣고 세계인을 자신들의 노예로 부리길 원하는 이스트와 웨스트였기에 모든 것이 가능했다.

"닉스메리어트호텔이 전쟁터가 될 수 있습니다. 민간인에 대한 희생을 막기 위해서도 이번에는 공격을 기다리는 것이 아닌 우리가 먼저 선제공격을 가해야 합니다."

테닛 국장에게 건네받은 자료에는 재규어 부대원과 접촉할 수 있는 코드가 있었다.

이미 그 코드를 통해서 재규어 부대의 위치를 파악해 놓았다.

"작전은 두 가지 형태가 될 것입니다. 첫 번째는 IRA를 가장한 FSB 대원이 재규어 부대와 접촉해 대규모 테러를 진행한다는 정보를 런던 경시청에 흘려… 회장님의 보호를 위한 코사크 타격대의 런던 진입을 허가받는 것입니다. 두 번째는 테닛 국장이 매수한 재규어 부대원을 통해 소빈뱅크 런던 지점을 공격해 코사크 타격대가 움직일 수 있는 구실을 만들 것입니다. 타격대는 재규어를 제압한 후 곧바로……."

경호원 부대가 아닌 전투부대인 코사크 타격대의 입국을 영국이 허가하지 않으리라는 것을 CIA의 테닛 국장과 FSB(러시아연방보안국)를 통해서 확인했다.

영국 정보부인 MI6가 움직인 것이다.

코사크 타격대를 런던으로 보낼 수 있는 구실을 만들어야만 했다.

그러기 위해서는 MI6와 달리 중립성이 입증된 런던 경시청의 도움을 끌어내야만 한다.

"좋습니다. 바로 진행하도록 하십시오."

내 명령이 떨어지자마자 곧바로 작전이 시작되었다.

내일 새벽 런던으로 출발해야 하는 상황에서 시간이 그리 많지 않았다.

*　　　　*　　　　*

스코틀랜드 야드라는 별칭을 갖고 있는 런던 경시청의 잭키 스미스 부청장에게 IRA(아일랜드 공화국군) 테러와 관련된 정보가 전달되었다.

스미스 부청장은 런던 경시청 테러 대책반을 책임지고 있는 인물로 이름을 날리고 싶어 하는 공명심이 무척 강했다.

"이 정보는 확실한 건가?"

"예, 러시아의 FSB와 미국의 CIA에서 전해진 정보입니다."

"IRA가 OPEC 회의와 시티 오브 런던을 노리고 있다는 이야기인가?"

시티 오브 런던은 역사가 500년에 이르는 런던 금융가의 중심으로 UBS, 씨티그룹, 골드만삭스, 로열뱅크오브스코틀랜드, 메릴린치, HSBC 등 쟁쟁한 금융사들과 로펌이 몰려 있다.

"예, IRA가 재규어라는 용병부대와 연계하여 런던에서 대규모 테러를 일으키려는 상황인 것 같습니다. 사진에서 보시는 거와 같이 IRA 급진파로 긴급 수배된 게인즈가 재규어에 소속된 인물을 만나는 사진입니다."

테러 대책반에 소속된 제임스 앨린 경감이 스미스 부청장에게 서류철에 있는 사진을 가리켰다.

"음, 런던을 노린다. 한데 재규어는 어떻게 런던에 들어올 수 있었던 거지?"

용병부대가 런던에 쉽게 들어올 수 있었다는 것이 이상했다.

"공항이 아닌 군 기지를 이용한 것 같습니다. 재규어와 MI6가 모종의 연관성이 있지 않나 생각됩니다."

"MI6와 연관되었다고?"

스미스 부청장의 눈이 커졌다.

만약 MI6와 연관된 문제라면 정치적인 파장을 크게 몰고 올 수 있었다.

자칫 토니 블레어 총리가 이끄는 노동당 내각이 무너질 수도 있는 일이었다.

"정확한 것은 아직 파악되지 않았습니다. 그쪽은 저희가 접근할 수 없는 상황이라서."

"이거 문제가 크게 될 것 같군."

스미스의 표정이 심각해졌다.

"그 때문인지 이 정보는 MI6에는 전달되지 않은 것 같습니다."

"우리만 알고 있는 게 확실해?"

"정보를 제공한 인물이 그렇게 말했습니다. OPEC 회의의 경비를 책임지는 것도 저희이기 때문에 대책을 빨리 세워야 할 것입니다."

앨린 경감의 말에 스미스 부청장의 눈빛이 달라졌다.

"그래야겠지. 이 건은 내 선에서 처리하긴 힘든 문제야."

"그리고 FSB에서 OPEC 회의에 참석하는 룩오일NY의 회장인 표도르 강의 경호를 위해 코사크의 입국을 허락해 달라는 요청이 왔습니다."

"테러 때문인가?"

"예, FSB에서 이 정보를 룩오일NY에게 제공한 것 같습니다."

"좋아, 총장님과 협의해 처리할 테니까. 이 정보는 누구에게도 말하지 마."

"예, 알겠습니다."

대답을 들은 스미스는 자리에서 일어나 앨린 경감이 가져온 서류철을 챙겨 청장실로 향했다.

*   *   *

재개발이 한창 진행 중인 도클랜드의 한 창고에 런던에 들어온 백여 명의 재규어들이 모여 있었다.

폐허가 된 무역항에서 첨단 상업도시로 탈바꿈하고 있는 도클랜드 신도시는 아직 낡은 창고 건물들이 적지 않았다.

창고에는 백인과 흑인, 그리고 아시아 계통으로 보이는 다양한 인종이 섞여 있었고, 이들은 각자 자신들이 사용할 무기를 점검하고 있었다.

"이번 임무를 끝으로 족쇄에서 벗어나 해방이라니까 아쉽기도 하고, 왠지 허전한 생각이 들어."

"크크큭! 마음껏 살인과 강간을 하지 못해서 그렇겠지."

선글라스를 쓰고 있는 인물의 말에 얼굴에 칼자국이 있는 사내가 답했다.

"그건 맞는 말이야. 어디 가서 합법적인 살인을 이젠 할 수 없잖아."

"이번이 마지막이니까. 아쉬움이 들지 않게 마음껏 즐기라고."

"한데 런던이라는 것이 마음에 걸려. 탈출 루트도 내가 볼 때는 완벽하지 않아."

뒤에서 탄창을 확인하고 있는 금발 머리의 사내가 말했다.

"나도 그런 생각을 했어. 이렇게 대규모로 인원이 동원된 것도 그렇고."

재규어는 아프리카와 남미에서 활동할 때 현지 주민을 무장시켜 전투에 임했다.

하지만 런던 작전은 재규어만으로 작전을 수행하는 일이었다. 이러한 작전은 흔치 않았다.

"설마, 우리를 버리는 것은 아니겠지?"

이야기를 나누는 다섯 명 중 키가 제일 작은 인물이 물었다.

"그건 아닐 거야. 우릴 버리려고 했다면 런던까지 힘들게 데리고 올 필요가 없잖아. 기지에서 끝냈겠지."

"잭의 말이 맞아. 우린 OPEC 회의에 참석한 인물들만 처리하고 사라지면 돼."

"그래도 난 꺼림칙해. 모든 팀을 소집한 것은 처음이잖아."

전 세계에 흩어져 활동하던 재규어들을 한자리에 모았다. 지금 이야기를 나눈 인물들은 남미의 볼리비아에서 활동했다.

그때였다.

두 명의 인물이 창고로 들어왔다.

"브라보팀은 나와 함께 간다."

그 소리에 십여 명의 인물들이 무기를 챙겨 창고를 나섰다.

"쟤들은 뭐냐?"

"다른 일이 있나 보지?"

"내일까지 기다리기가 너무 심심한데."

"돈을 허공에 날리기 싫으면 참아."

"그래, 3십만 달러를 날릴 수는 없지."

재규어가 마지막 임무를 끝으로 받게 되는 돈이었다.

이번 작전을 끝으로 재규어는 해체되고 모든 기록이 파괴될 것이라는 말을 들었다.

＊ ＊ ＊

런던 히스로 공항에 룩오일NY 소속의 전용기가 내렸다.

히스로 공항은 런던 중심에서 서쪽으로 24㎞ 떨어진 미들섹스 하운스로우에 자리하고 있는 공항으로 영국에서 가장 큰 공항이다.

전용기가 내려진 5분 뒤 러시아에서 함께 출발한 두 대의 코사크 수송기들이 히스로 공항에 차례대로 도착하고 있었다.

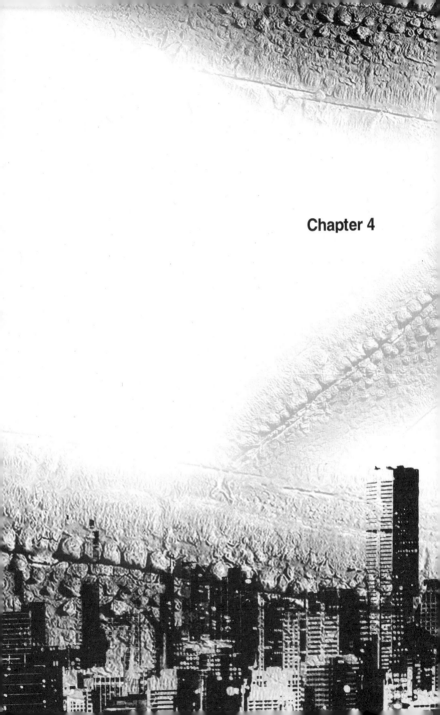

Chapter 4

티토브 정은 비밀리에 잭키 스미스 런던 경시청 부청장
을 만났다.

"이들이 OPEC 회의를 노린다는 말입니까?"

티토브 정이 내민 사진들에는 도클랜드에 자리 잡은 낡
은 창고에서 대기 중인 재규어 부대원들이 찍혀 있었다.

수십 명에 달하는 인물들 앞으로 각종 중화기가 놓여 있
었다.

"예, IRA(아일랜드 공화국군)와 연계해서 런던 중심가에
다발적인 테러를 진행할 것입니다. 이를 통해서 경시청의

눈을 돌린 후 닉스메리어트호텔에서 열리는 OPEC 회의를 노릴 계획입니다."

"놀라운 일입니다. 이들이 런던에 들어올 수 있었다는 것이 믿기지 않습니다. 저희의 정보 라인으로는 확인이 힘들었습니다."

스미스에게 재규어가 로지미스 공군기지를 통해서 입국한 사실을 전달했다.

"재규어가 SAS(육군공수특전단)와 함께 IRA의 지휘부를 붕괴하는 작전을 위해 영국에 입국한 것으로 MI6가 상부에 보고한 것입니다. 전해 드린 정보들은 CIA 쪽에서 건네준 정보와 저희가 입수한 정보를 분석한 것입니다."

"음, 도대체 무엇 때문에 MI6가 이런 일을 벌이는 것인지 모르겠습니다."

스미스 부청장은 IRA나 MI6 모두가 이스트의 손아귀에서 움직인다는 것을 모르고 있었다.

이스트는 아일랜드 공화국군(IRA)에 자금과 무기를 지원했고, IRA를 이용하여 영국의 정치와 경제를 움직이는 지렛대로 활용했다.

"그건 저희도 알 수가 없습니다. 저희는 OPEC 회의에 참석하는 표도르 강 회장님의 안전을 최우선으로 생각할 뿐입니다. 나머지는 스미스 부청장님께서 해결하셔야 할 문제 같습니다. 저희가 OPEC 회의의 안전을 맡고 부청장님께서 IRA와 재규어를 처리하시는 것이 좋겠습니다."

"그랬으면 좋겠습니다만 런던 경시청의 인력으로는 재규어를 상대하기가 벅찬 감이 있습니다. 대테러 특수부대인 SAS를 동원해야 하는데, SAS가 움직이면 MI6가 이 사실을 알게 될 것입니다. 더구나 지금 돌아가는 상황을 보면 MI5(보안정보부)도 연계된 것 같습니다."

MI5는 영국 내 방첩 활동과 보안기관을 맡은 정보기관이다.

MI5는 국장 밑에 부국장을 두고 있으며, 부국장이 보안부의 정보 활동과 보안 업무, 즉 방첩 업무, 대테러 업무, 대량 살상 무기 확산 방지 업무, 그리고 보안정보부의 작전능력과 관련된 모든 실질적인 업무를 총괄한다.

보안정보부(MI5)의 홀트 부국장 또한 이스트에 속한 인물이었다.

영국의 국가정보공동체는 4대 국가정보기구인 보안정보부(MI5), 비밀정보부(MI6), 정보통신본부(GCH), 국방정보참모부(DIS)로 구성된다.

비밀정보부와 정보통신본부는 외무부 장관 산하에 설치되어 있으며, 보안정보부는 내무장관 산하에, 그리고 국방정보참모부는 국방부 장관 산하에 설치되어 있다.

"그럼 어떻게 할 예정이십니까?"

"저희에게 제의하셨던 코사크 타격대와 합동 작전을 했으면 합니다."

정보를 제공하면서 코사크 타격대에 의한 재규어 부대 선제공격을 제의했다.

하지만 스미스 부청장은 확답을 해주지 않았다.

이제 영국 내 방첩 활동을 담당하는 MI5도 MI6와 연계된 것으로 보이자 상황이 달라진 것이다.

"문제는 없겠습니까?"

"스트로 내무장관의 허락이 떨어졌습니다. 영국의 진짜 적이 누구인지를 밝혀야 하는 시점입니다."

MI5는 내무부 장관에게 모든 활동을 보고한다.

그러나 보안정보부는 내무부에 소속된 기관은 아니고, 내무부 산하의 독립된 하나의 정보기관이다.

문제는 내무부 장관에게 보고해야 하는 재규어의 입국 정보와 IRA와 관련된 정보 보고가 빠진 것이다. 더구나 DIS(국방정보참모부) 주도 아래 구르카 용병부대가 런던에서 대테러 작전을 벌인다는 것이다.

사태의 심각성을 인지한 스트로 내무장관이 코사크의 참여를 받아들였다.

　　　　＊　　　　＊　　　　＊

"표도르 강이 런던에 도착했습니다."

에임스 부국장의 비서인 올리버의 보고였다.

"이제부터 죽느냐 사느냐가 결정되겠군. 놈이 경호원을 얼마나 데리고 왔나?"

"저희 예상과 달리 70여 명 정도였습니다. 보통은 백여 명 정도를 데리고 다닙니다."

"70명이라… 런던이라는 장소 때문인가?"

"예, 치안이 확보된 런던이라 안심하는 것 같습니다."

"하긴 70명도 적은 숫자는 아니지. 충분히 처리할 수 있겠지?"

"예, 재규어는 미끼일 뿐이니까요."

"그래, 재규어만으로는 놈을 잡을 수 없지."

올리버의 말에 에임스 부국장은 의미심장한 표정으로 말했다.

"표도르 강과의 만남은 내일 오전 12시 닉스메리어트호텔 블루멘탈 레스토랑에서입니다. 부국장님이 떠나시고 난 후 표도르 강이 OPEC 회의에 참석하는 때를 기점으로 시티 오브 런던에서 먼저 시작될 것입니다. 경찰의 눈이 돌려지는 순간 닉스메리어트호텔은 쑥대밭이 될 것입니다."

"오로지 표도르 강의 죽음만이 신뢰를 회복할 수 있다. 그래야 우리가 다시 CIA의 주인이 될 수 있어."

"예, 죽음을 두려워하지 않는 인물들입니다. 표도르 강의 운은 여기까지입니다."

"후후! 그래야지. 놈은 지금까지 너무 억센 운을 보여줬어."

타워 브리지를 바라보는 에임스 부국장의 눈빛은 불타오르고 있었다.

* * *

"작전은 새벽 5시에 진행될 예정입니다. 코사크 타격대의 배치는 이미 끝났습니다."

도클랜드의 창고에서 준비 중인 재규어를 치기 위한 작전이었다.

런던 경시청의 도움으로 코사크 타격대 5개 팀이 런던에 무사히 도착했다.

"놈들을 체포하기 위한 목적이 아니란 것을 염두에 두고 작전에 임해야 합니다. 대원들의 희생이 생기지 않도록 하는 것도 중요하고요."

티토브 정의 보고에 염려하는 바를 이야기했다.

흑천의 토벌 작전에서 희생된 코사크 대원들이 적지 않았기 때문이다.

"예, 모든 타격대에게 충분히 주지시켰습니다. 저항을 포기하지 않으면 모두 제거될 것입니다."

재규어 부대의 위험성을 충분히 알게 된 이후 체포 위주의 작전은 위험했다.

"좋습니다. 이제 에임스 부국장이 준비한 선물을 잘 처리하는 일만 남았습니다. 그가 날 만나 무엇을 줄지 기대가 되네요."

에임스 부국장은 런던에서 날 만나 중대한 제의와 함께 웨스트에 관한 정보를 건네겠다고 했다.

*　　　*　　　*

공사 자재와 장비들이 쌓여 있는 도클랜드의 창고 지대는 조용했다.

십여 명의 보초들이 주위를 감시하고 있었지만, 출동 준비를 앞둔 재규어들은 이른 새벽 시간 대부분 깊은 잠에 빠져 있었다.

"저격수가 올빼미를 처리하는 즉시 돌입한다."

코사크 타격대를 이끄는 일린의 말에 120명의 움직임이 활발해졌다.

─10초 후 전기를 끊겠다.

공사장의 전기를 공급하는 변전소를 코사크가 접수했다.

콱!

창고 주변을 훤히 밝히던 전기가 끊어졌다.

동이 트기 전 이른 새벽이라 전기가 나가자 순식간에 주변이 어둠 속에 빠져들었다.

"뭐냐? 전기가 나……."

픽!

철퍼덕!

경비를 서던 인물의 말을 막은 것은 코사크의 저격이었다.

열 명의 경비병들 모두가 소음기가 달린 저격과 어둠을 통해서 접근한 코사크 타격대의 손에 쓰러졌다.

─올빼미를 모두 제거했다.

"돌입한다!"

일린의 명령이 떨어지자 야간 투시경을 장착한 코사크 타격대가 3개의 창고로 들이닥쳤다.

픽! 픽!

철버덕!

창고 문에 기대고 있던 두 명의 인물이 진입한 코사크 타격대의 총에 쓰러졌다.

창고의 문이 열리는 순간 창고 안은 지옥이 펼쳐졌다.

*　　　*　　　*

"출발할까?"

에임스 부국장은 린딘에 머무는 동안 가장 편안한 밤을 보냈다.

도클랜드 창고에서 대기 중인 재규어들이 목표물을 향해 출발했다는 소식이 전해졌기 때문이다.

"예, 오늘 이후로 표도르 강은 세상에 없을 것입니다."

"이제 러시아를 어떻게 요리할까 고심해야겠어. 하하하!"

비서인 올리버의 말에 에임스는 호쾌한 웃음을 토해냈다.

이제 닉스메리어트호텔에 투숙 중인 IRA가 OPEC 회의를 공격하면, 런던 경시청의 특수경찰로 위장한 재규어가 마무리를 지으면 되는 것이다.

블루멘탈 레스토랑에 도착한 에임스 부국장은 간단한 검문 절차를 끝내고 표도르 강이 앉아 있는 자리로 안내되었다.

내부 수리를 이유로 손님을 받지 않는 레스토랑 주변에는 13명의 경호원이 경비를 섰다.

"처음 뵙습니다. 에임스입니다."

에임스는 날 보자마자 가볍게 눈웃음을 보내며 악수를 청했다.

"표도르 강입니다. 물론 제 본명은 알고 있으시겠죠?"

"예, 회장님의 이름을 모르고 있다는 것이 무례한 일이니까요."

"자, 앉으시지요. 점심을 먹으면서 천천히 서로가 관심이 있는 이야기를 나누지요."

"예, 회장님이 관심을 가지실 만한 이야기를 가지고 왔습니다."

에임스는 재규어에 관한 일을 모르는지 표정이 밝았다.

"우선 한 가지 묻고 싶은 것이 있습니다."

"말씀하십시오. 제가 알고 있는 이야기는 다 해드리겠습니다."

"지금까지 날 노린 것은 CIA의 독자적인 움직임입니까? 아니면 누군가의 지시에 의해서입니까?"

"하하! 처음부터 센 질문을 하시는군요. 처음부터 CIA가 회장님을 노린 것은 아닙니다. 회장님도 알게 되셨겠지만 웨스트 내에는 독자적으로 작전을 펼칠 수 있는 조직이 있습니다. 저희는 그 조직에 우회적으로 도움을 준 것뿐입니다."

"뉴욕과 모스크바의 일도 말입니까?"

"뉴욕은 웨스트 내의 조직이 주도적으로 저지른 일입니다. 우린 그 뒤처리를 한 것뿐입니다. 모스크바는 저희가 참여한 작전입니다. 저도 명령을 받는 입장이라 어쩔 수 없었습니다."

"그렇다면 날 만나자고 한 이유는 무엇 때문입니까?"

"회장님께서 테닛 국장을 만나셨다는 것을 알고 있습니다. 무슨 이야기가 오고 갔는지는 모르겠지만, 모스크바의 일로 인해 제 입지가 많이 좁혀졌습니다. 테닛 국장은 이 기회에 절 CIA에서 내보려고 합니다. 하지만 테닛 국장이 뭔가 착각하는 것이 있습니다. 테닛은 정치적인 문제로 언제든지 자리에서 물러날 수밖에 없는 위치입니다. 하지만 전 아닙니다. 아마 조만간 클린턴 대통령에 의해 테닛 국장의 위치가 변동될 것입니다. 대통령이 온전하게 임기를 끝내고 싶으면 말이죠."

클린턴 대통령은 요즘 르윈스키 스캔들로 인해 곤경에 처해 있었다.

이 섹스 스캔들에 대한 폭로가 누군가에 의해서 조정되었다는 의구심이 있었다.

"하하하! 미국의 대통령을 위협할 정도면 전 안중에도 없 겠습니다."

"아닙니다, 전 강 회장님의 능력을 인정합니다. 저희와 뜻을 함께하신다면 회장님의 사업은 날개를 달 수 있을 것 입니다."

"어떻게 말입니까?"

"회장님이 원하시는 나라나 기업을 저희가 소유할 수 있 게 해드리겠습니다. 물론 러시아를 손에 쥐셨지만, 낙후된 러시아는 이제 얼마 안 있으면 나락에 떨어질 것입니다. 저 흰 회장님이 생각하시는 이상으로 큰 힘을 가지고 있습니 다. 구소련의 몰락과 동유럽의 해방도 저희의 작품입니다. 그 작품에 무임승차하신 회장님이 어쩔 수 없는 타깃이 된 것입니다."

두 손을 깍지 낀 채로 말하는 에임스 부국장은 무척이나 침착한 모습이었다.

"음, 그런 힘을 좋은 쪽으로 이용하면 좋을 텐데요. 전 지 금껏 불의와 타협을 해오지 않았습니다. 그 때문이라도 세 상을 좀 더 이롭게 하는 방향으로 기업을 운영해 오고 있습 니다. 지금의 제의는 듣지 않은 것으로 하지요."

"하하하! 역시나 제가 생각했던 것 이상으로 훌륭한 분임 이 틀림없군요. 제 말이 불쾌하셨다면 죄송합니다. 하지만 세상은 정의만으로는 움직이지 않습니다. 더구나 회장님 혼자만으로 지금의 세상을 바꾸기는 무척 힘든 일입니다. 아니, 불가능에 가깝다고 해야겠죠. 저희와 함께하시면 회장님의 운명이 달라질 수 있습니다. 다시 한번 깊게 생각해 보시는 것이 어떻습니까?"

"제 운명은 지금껏 누군가에 의해 결정되지 않았습니다. 물론 앞으로도 말입니다."

"하하! 좋습니다. 아직 시간이 있으니까요. 만약 회장님이 저희와 함께하신다면 7인 협의회의 일인이 되실 것입니다. 이는 곧 전 세계를 발아래 두는 힘을 가지게 된다는 뜻이기도 합니다."

에임스는 나에게 보석 상자 하나를 내밀며 말했다.

그 상자 안에는 황금 화살을 발에 쥐고 있는 일곱 개의 독수리 모양의 배지가 들어 있었다.

엄지손가락보다 조금 작은 다이아몬드로 만들어진 배지였다.

"이게 무엇입니까?"

에임스 부국장에게 물었다.

"세상을 손에 쥘 수 있는 증표라고 말할 수 있겠습니다. 달리 말하면 강 회장님을 아주 높이 평가한다는 증거이기도 합니다."

'정말로 조직에 날 끌어들이겠다는 건가?'

"세상을 손에 넣을 수 있는 것치고는 아주 작은 액세서리입니다."

"하하하! 말씀하신 대로 작은 독수리이지만 배지가 지니고 있는 상징과 권력은 무시무시한 것입니다. 이 다이아몬드 배지는 세상에 단 일곱 개밖에 없는 것이기도 합니다. 더구나 이 배지의 주인공이 되기 위해서는 배지를 소유한 여섯 명의 마스터들께서 동의를 해주어야만 합니다."

'조직을 이끄는 여섯 명의 인물이 있다는 것인가?'

"하하하! 놀라운 말이군요. 이 배지의 원래 주인이 사라져야지만 배지의 주인이 새로 선정되는 것 같은데요."

"맞습니다. 배지의 주인이 있는 한 새로운 주인을 맞이하지 않습니다. 한 가지 더 알려 드리면 배지를 소유하기 위해서는 그에 걸맞은 능력을 갖추어야만 합니다. 그렇지 않다면 그런 인물이 나올 때까지 기다리지요."

'음, 생각했던 것 이상으로 거대한 조직일지도 모르겠어…….'

"절 선택했다는 것은 제가 능력을 갖추었다는 말입니까?"

"물론입니다. 회장님이 지금껏 보여주신 능력과 거느리고 계신 세력이라면 충분히 이 배지를 가슴에 달 수 있습니다. 그리고 놀라울 정도로 타고난 운이 좋은 분이라는 것도 높은 평가를 받으셨습니다."

에임스 부국장의 말처럼 능력만으로 모든 것을 이룰 수는 없었다.

내가 지금 이루어놓은 것들은 능력만으로는 도저히 설명할 수 없는 일들이었다.

"음, 내가 이 배지를 선택한다면 내게 무슨 이익이 있는 것입니까?"

"말씀드린 대로 세상을 지배하는 일곱 분의 마스터가 되는 것입니다. 회장님의 능력으로 얻으신 러시아를 인정해 드리는 것은 물론 남북한 또한 회장님의 발아래 놓이게끔 해드릴 것입니다. 원하시는 나라가 더 있다면 한두 개쯤은 더 넘겨 드릴 수 있습니다."

"하하하! 정말 놀라운 말이군요. 주권국인 나라를 사고파는 것처럼 제게 넘겨주신다니 말입니다."

"세상은 눈으로 보는 것과 귀로 들리는 것이 전부가 아니기 때문입니다. 이미 한국을 비롯한 아시아 국가들이 겪고 있는 경제적인 어려움을 보고 계시지 않습니까. 그 또한 큰 밑그림을 그리는 데 있어 작은 부분에 지나지 않습니다."

'밑그림에 불과하다. 무엇을 또 계획하고 있는 거지…….'

"절 높게 평가해 준 것은 고맙게 생각하겠습니다. 하지만 내 목숨을 노리는 전쟁을 먼저 시작한 후 일방적인 휴전은 제 성격상 맞지 않는 일입니다. 더구나 이 세상을 단지 일곱 명이 지배한다는 것도 썩 마음에 들지 않는군요. 이 물건은 나에게 어울리지 않습니다."

아름답게 빛나는 다이아몬드 독수리를 에임스에게 다시 넘겨주었다.

"하하하! 제가 생각했던 거와는 다른 판단을 하시는군요. 이 선택이 어떠한 결과로 이어질지는 모르겠지만, 회장님께서 모두 부담하셔야 할 것입니다."

"물론입니다. 또 하나, 날 공격한 대가에 대해서는 결코 그냥 넘어가지 않을 것입니다."

"친구가 될 수 있었는데, 정말 안타까운 일입니다. 서로 간의 입장 차를 확인했으니, 더는 앉아 있을 필요가 없을 것 같습니다. 강 회장님께 행운이 있길 빌겠습니다."

"그쪽도 행운이 오길 바랍니다. 안녕히 가십시오."

말을 마친 에임스 부국장은 자리에서 일어나 블루멘탈 레스토랑을 떠났다.

* * *

"생각했던 것보다 어리석은 놈이야. 굴러 들어온 큰 행운을 자기 발로 차다니."

"무슨 일이 있었으니까?"

에임스 부국장의 말에 비서인 올리버가 물었다.

그의 위치상 에임스가 표도르 강에게 다이아몬드 독수리를 제의한 일을 알 수가 없었다.

"우리가 내민 손을 놈이 잡지 않았다. 계획대로 진행해."

에임스는 승용차 뒷좌석에 몸을 기대며 말했다.

"알겠습니다."

올리버의 대답과 함께 에임스 부국장이 탄 차량이 두 대의 호위 차량과 함께 닉스메리어트호텔을 떠났다.

"에임스가 이대로 영국을 떠나게 하지 마십시오."

에임스 부국장이 탄 차량을 바라보며 말했다.

"예, 공항에서 놈을 처리할 것입니다."

내 말에 김만철 경호실장이 답했다.

에임스가 탄 차량은 곧장 런던 시티 공항으로 향했다.

런던 시티 공항은 도크랜즈에 위치한 공항으로 런던 시내와 가장 가까운 공항이다.

"자! 그럼, 에임스가 준비한 선물을 기다리지요."

이미 도클랜드에서 재규어 부대는 처리했다.

시티 오브 런던을 노리는 IRA는 런던 경시청과 시티 오브 런던 경찰이 담당하기로 했다.

시티 오브 런던 경찰은 그레이터 런던 내 별도의 전통 행정 구역인 시티 오브 런던을 관할 구역으로 삼고 있다.

*　　　*　　　*

시티 오브 런던의 룸바스가에 2대의 미니버스가 세워져 있었다.

청소용 차량으로 위장한 2대의 미니버스에는 IRA 열 명이 청소부로 위장한 채 대기 중이었다.

점심시간이 가까이 오자 아일랜드 혁명군은 대기하던 미니버스에서 복면을 쓴 채 밖으로 나오려고 했다.

그때를 맞추어 HSBC(홍콩상하이은행)와 골드만삭스, 잉글랜드은행, 그리고 소빈뱅크에 고급 정장을 입은 사내들이 서류 가방을 든 채 은행에 들어서고 있었다.

─사내를 주시해라.

만약의 사태를 대비하기 위해 소빈뱅크가 입주한 건물과 건너편 건물에는 코사크 타격대가 대기하고 있었다.

무전이 전달되자 은행을 경비하던 경비원 세 명이 은행

에 들어가는 사내에게 접근했다.

사내가 들고 있는 가방이 옷차림과 비교해 너무 낡아 보였다.

"손님! 잠깐만 기다려 주십시오."

중무장한 경비원의 말에 사내는 순간 당황한 기색이 엿보였다.

뒤로 주춤하던 사내는 체념한 표정으로 가방을 내려놓자마자 무릎을 꿇었다.

그리고 두 손을 하늘로 든 채 외쳤다.

"알라후 아크바르(신은 위대하다)!"

—물러나라!

콰—앙!

코사크 타격대의 무전과 동시에 강력한 폭발물이 터졌다.

폭발음은 소빈뱅크에서만이 아니었다.

쾅! 콰쾅! 쾅!

HSBC, 시티은행, 잉글랜드은행, 골드만삭스가 입주한 건물에서 차례대로 들려왔다.

"자살 폭탄이다!"

코사크 타격대 5팀을 이끄는 발렌티 팀장의 외침에 타격대가 움직였다.

그나마 다행스러운 점은 그나마 소빈뱅크는 은행 안이 아닌 밖에서 폭발물이 터졌다는 것이었다.

하지만 나머지 은행들은 내부에서 폭발물이 터지고 말았다.

자살 폭탄은 전혀 예상치 못한 공격 방법이었다.

"놈들을 막아!"

IRA 대원들이 움직임을 보이자 미니버스를 지켜보고 있던 스미스 부청장의 명령이 떨어졌다.

미니버스를 주시하고 있던 런던 경시청의 특수 경찰들은 강력한 폭발음이 이어지자 혼란에 빠져들었다.

IRA 대원들의 움직임만을 생각했지 자살 폭탄을 이용한 공격은 생각지도 못한 것이다.

폭발음에 맞추어 미니버스에서 나오려고 하던 열 명의 IRA 대원들은 사방에서 튀어나온 경찰들에게 포위되었다.

"꼼짝 마!"

"무기를 버려라!"

수십 대의 차량과 백여 명이 넘는 경찰들에게 순식간에 포위되자 차량에서 나오던 IRA 대원들은 포기한 표정으로 두 손을 들었다.

─은행들의 피해가 심각하다.

시티 오브 런던 경찰에게서 무전이 들어왔다.

"이쪽이 처리되는 대로 지원하겠다."

스미스 부청장이 무전을 끝내는 순간이었다.

그때 미니버스에서 마지막으로 내린 IRA 대원이 계속해서 무언가를 중얼거렸다.

그의 눈빛은 약물에 취한 사람처럼 풀려 있었다.

"무기를 버려!"

버스에서 차례대로 나온 IRA 대원들을 무장해제시킨 후 바닥에 눕히고 있는 특수 경찰들은 마지막에 나온 대원의 행동을 주의 깊게 보지 못했다.

"바닥에 엎드려!"

수십 명의 특수 경찰들이 자동소총을 겨누는 상황이라 위험하다는 생각을 하지 못했는지도 모른다.

특수 경찰의 말에 자동소총을 버린 사내는 엎드리는 대신 무릎을 꿇었다.

그리고 그의 왼손에는 작은 리모컨이 쥐어져 있었다.

"알라후 아크바르!"

사내가 크게 외치면서 리모컨의 버튼을 누르자 미니버스에 장착된 폭탄이 터졌다.

콰과쾅!

은행에서 터진 폭발물에 비견할 수 없는 강력한 폭발음

과 함께 미니버스가 세워진 주변이 초토화되었다.

IRA 대원들을 체포하던 런던 경시청 소속의 경찰들이 엄청난 폭발에 휩쓸려 버렸다.

*　　　*　　　*

"시티 오브 런던에 출동했던 경찰들이 큰 피해를 보았다고 합니다."

"재규어는 다 처리하지 않았습니까? 테러를 진행하려 한 IRA는 십여 명에 불과할 텐데요."

티토브 정의 말에 반문했다.

"자살 폭탄 테러가 발생했다고 합니다. 그로 인해 소빈뱅크를 비롯해 시티 오브 런던에 위치한 은행들도 큰 피해를 입었다고 합니다."

"자살 폭탄이라니?"

김만철 경호실장이 놀란 눈을 한 채 물었다.

"재규어와 IRA 말고도 제3의 인물들이 동원된 것 같습니다."

"제3의 인물들이 동원되었다고요?"

제3의 인물은 코사크 정보센터와 FSB에서도 파악하지 못했다.

"현재 확인 중에 있습니다. 소빈뱅크는 다행스럽게도 외부에서 폭발물이 터져 경비원들만 다쳤다고 합니다. 한데 폭발물이 터뜨릴 때 범인이 무언가를 외쳤다고 합니다."

"자살 폭탄은 생각지도 못한 방법입니다. 스미스 부청장과 연락이 됩니까?"

"연락이 되지 않고 있습니다."

"호텔의 경비를 강화하기 위해서는 코사크 타격대를 호텔로 불러들여야겠습니다."

티토브 정의 말에 김만철 경호실장이 말했다.

"그렇게 하십시오. 스미스 부청장과도 연락을 계속 취하십시오."

"예, 알겠습니다."

내 말에 김만철 비서실장이 서둘러 밖으로 나갔다.

이대로라면 닉스메리어트호텔 OPEC 회의가 자칫 무산될 수도 있었다.

그때였다.

쾅!

호텔에서 얼마 떨어지지 않은 곳에서 폭탄이 터졌는지 폭발음이 들려왔다.

폭발음에 경호원들이 창가로 향했다.

닉스메리어트호텔에서 얼마 떨어지지 않은 세인트호텔

에서 터진 폭발이었다.

세인트호텔에서는 시커먼 연기가 피어오르고 있었다.

세인트호텔에는 OPEC 회의에 참석하러 런던에 온 OPEC 회원국의 인물들 상당수가 묵고 있었다.

"놈들이 OPEC 회의를 노리는 것 같습니다."

타타다탕!

쾅!

티토브 정의 말이 끝나기 무섭게 총소리와 함께 폭발음이 들리며 호텔 건물이 크게 흔들렸다.

"주차장에서 폭발물이 터졌습니다."

창밖을 살피던 경호원이 소리쳤다.

닉스메리어트호텔에 음식 부자재를 공급하는 트럭에서 폭발물이 터진 것이다.

트럭을 몰고 왔던 두 명의 인물은 호텔 경비원들에 의해 사살되었지만, 폭발은 막지 못했다.

폭발로 인해 주차장 일대가 폭격을 맞은 것처럼 순식간에 폐허로 변해 버렸다.

"스미스 부청장과 연락이 되었습니다. 영국 정부가 런던에 계엄령을 선포한다고 합니다."

황급히 방으로 돌아온 김만철 경호실장의 말이었다.

그의 말이 끝나자마자 TV에서는 런던이 동시다발적인

테러 공격을 당하고 있다는 말과 함께 런던 지역에 한해서 계엄령을 선포한다는 말이 흘러나왔다.

TV에서 나오는 다급한 소식이 전해지기도 전에 이미 런던 외곽에서 대기하고 있던 구르카 용병부대가 런던 시내로 긴급 배치되고 있었다.

Chapter 5

시티 오브 런던은 전쟁터를 방불케 했다.

주요 은행들은 물론 경비가 더 삼엄한 잉글랜드은행마저 자살 폭탄 테러에 큰 피해를 입었다.

더구나 IRA 대원들의 체포 과정에서 터진 폭발물로 인해 런던 경시청 소속의 경찰 43명이 사망했고, 부상자 또한 80여 명에 달했다.

부상자 중에는 중상자가 적지 않아 사망자는 더욱 늘어날 전망이다.

TV 방송 카메라를 태운 헬기에서 바라보는 시티 오브 런던은 곳곳에서 매캐한 검은 연기가 피어오르고 있었다.

그 주변으로는 사이렌 소리가 쉴 새 없이 들려왔다.

시티 오브 런던으로 향하는 길목마다 소방차와 수많은 구급차가 길게 늘어서 있었다.

대부분의 런던 경시청 소속 경찰들도 시티 오브 런던으로 출동했다.

이 때문에 런던 시내의 도로마다 차들이 주차장처럼 멈춰 버렸다.

그러는 사이 닉스메리어트호텔과 세인트호텔에서도 테러가 발생했다는 소식이 전해졌다.

*   *   *

"도로마다 차들이 멈춰 서 있어 코사크 타격대가 호텔로 오려면 상당한 시간이 필요할 것 같습니다."

김만철 경호실장의 말처럼 런던 시내는 지금 마비 상태였다.

"이런 상황을 유도한 것일 수도 있습니다. 놈들이 또다시 호텔을 노릴 수 있습니다. 일단 호텔을 폐쇄하고 경찰이 올 때까지 투숙객들을 보호하십시오."

자기 목숨을 아랑곳하지 않는 자살 공격은 무서운 공격

방법이었다.

죽음을 두려워하지 않는다는 것은 상대방에게 공포를 심어주었다.

"알겠습니다. 경호원들을 무장시키겠습니다."

호텔 내에는 열 명의 자체 보안 인력이 있었다. 여기에 나를 경호하는 경호원들이 76명이었다.

이들을 호텔 보관 중인 중화기로 무장하려는 것이다.

주차장에서 발생한 폭발로 인해 다섯 명이 부상당했지만, 다행스러운 것은 사망자가 나오지 않았다.

주변에 주차된 트레일러와 담벼락이 폭발을 막아주는 역할을 했다.

트럭이 원래대로 물품을 내려놓는 호텔 뒤쪽에서 폭발했다면 인명 피해는 물론 호텔 건물도 큰 피해를 보았을 것이다.

런던 시내로 진입한 구르카 용병부대 중 2개 중대가 확보된 도로를 따라 닉스메리어트호텔과 세인트호텔이 있는 지역으로 향했다.

런던 경시청을 대신해 테러가 발생한 두 호텔의 치안을 확보하기 위해서였다.

네팔 구르카족의 고유의 단검이자 구르카 용병의 상징인

쿠크리를 허리에 찬 용병부대원의 표정은 한결같이 굳어 있었다.

쿠크리는 사실 도끼처럼 살상 무기가 아니라 잡목이나 덤불을 제거하는 작업용으로 만들어졌기에, 나이프 파이팅의 핵심인 빠른 공방이 불가능하다.

하지만 살상력이 뛰어나 단숨에 적을 제압할 때 요긴하며 근력이 많이 필요치가 않다.

"다시 한번 말하지만 닉스메리어트호텔에 투숙 중인 표도르 강을 죽이지 못하면 고향에 있는 우리의 부모와 형제자매가 모두 죽게 된다."

이들을 이끄는 쉬레스타 대위가 무전을 통해 소대장들에게 이야기를 전했다.

쉬레스타 대위가 탄 차량 뒤를 따르는 군용트럭에는 250명의 구르카 용병들이 타고 있었다.

2개 중대 300명의 구르카 용병 중 50명만이 세인트호텔로 향했다.

쉬레스타가 탄 지프 뒤에는 2명의 사내가 총기를 만지고 있었다.

이들은 도클랜드 창고에서 이탈한 재규어 부대원이었다.

코사크 타격대가 재규어를 습격하기 전날 창고를 벗어났던 열 명의 인물들이었다.

재규어는 구르카 용병들과 함께 닉스메리어트호텔을 급습할 계획이었다.

현재 닉스메리어트호텔과 세인트호텔로 향하고 있는 구르카 용병들의 고향에는 재규어 부대가 마을 주민들을 볼모로 잡고 있었다.

"약속을 지키지 않으면 너흰 우리 손에 죽는다."

쉬레스타 대위는 무전기를 내려놓으며 말했다.

"후후! 우리도 놈을 죽여야 살아서 돌아갈 수 있어. 너희나 우리나 모두 한배를 탄 거야."

총기 점검을 끝낸 무리엘이 말했다.

그는 콜롬비아 특수부대 출신으로 재규어에 특별 채용된 인물이다.

무리엘은 도클랜드에서 대기 중인 재규어가 코사크에게 당했다는 소식에 놀라움을 감추지 못했다.

그러나 표도르 강을 제거하면 재규어 부대가 받기로 한 보상금을 살아남은 재규어들에게 모두 주겠다는 기쁜 소식 또한 함께 전해졌다.

"표도르 강은 절대 호텔에서 살아서 나가지 못할 것이다."

"그렇게만 되면 우리 모두 원하는 것을 얻을 수 있는 거야."

쉬레스타 대위의 말에 무리엘의 옆에 있던 존슨이 말했다.

존슨이 나머지 재규어를 이끌고 있었다.

✻　　✻　　✻

─중대 규모 이상의 부대가 호텔로 오고 있습니다.

호텔 옥상에서 주변을 감시하는 조브닌의 무전이었다.

"확실히 닉스메리어트호텔로 오는 것인가?"

─곧장 호텔로 오고 있다. 잠깐! 지프와 2대의 군용트럭이 대열에서 이탈에 세인트호텔로 향했다. 나머지 군용트럭들은 변함없이 닉스메리어트호텔 방향이다.

"알았다. 변동 상황을 예의 주시하라."

무전을 확인한 미란추크가 망원경을 들어 군용트럭이 오는 방향을 보았다.

수십 대의 군 수송트럭이 빠르게 호텔로 접근하는 것이 보였다.

거리상으로 볼 때 4~5분이면 호텔에 도착할 것이 분명했다.

미란추크는 곧장 김만철 경호실장에게로 향했다.

"호텔로 접근하는 부대는 구르카 용병부대입니다. 수송 트럭의 숫자로 볼 때 2백여 명이 넘어서는 병력입니다."

"음, 경찰이 아닌 용병부대가 호텔로 온다. 호텔에 폭탄이 터지기는 했어도 더는 문제가 없는 상황인데… 구르카는 시티 오브 런던과 버킹엄 궁전으로 향한다고 하지 않았나요?"

"예, 스미스 부청장이 그렇게 말했습니다."

"뭔가 느낌이 좋지 않습니다. 스미스 부청장에게 경찰 출동을 다시 한번 요청하십시오. 만약을 위해서라도 호텔을 봉쇄하고 투숙객들은 모두 대피소로 이동시키십시오."

2백여 명이 넘는 구르카 용병부대가 사전 연락도 없이 호텔로 오고 있다는 것이 마음에 걸렸다.

내일 열릴 예정이었던 OPEC 회의는 테러로 인해 취소되었다.

"알겠습니다. 놈들이 함정을 작정하고 판 것 같습니다."

"코사크 타격대가 제때 와주면 충분히 막아낼 수 있습니다."

코사크 타격대는 교통통제로 인해 닉스메리어트호텔로 오는 데 애를 먹고 있었다.

*   *   *

에임스 부국장이 탄 차량은 시티 공항을 눈앞에 두고서 심각한 도로 정체로 인해 멈춰 서고 말았다.

주차장으로 변해 버린 도로 위 차들은 움직일 기색이 전혀 없었다.

"시간이 좀 더 걸릴 것 같습니다."

비서인 올리버가 뒷좌석에 탄 에임스 부국장을 바라보며 말했다.

"괜찮아. 일이 아주 잘되어가고 있다는 방증이니까. 지금쯤 구르카가 놈을 공격하겠지?"

"예, 공격이 시작되었을 것입니다."

"후후! 구르카가 놈을 잡든 못하든 간에 마무리는 SAS가 처리하면 돼. 호텔에 있는 놈들이 모두 사라지는 것이 SAS가 움직이기에 편할 테니까."

"호텔을 공격한 테러범을 처리하는 것이니까요. 작전 중에 벌어지는 전투에서는 뜻하지 않은 일들이 벌어질 수밖에 없습니다."

"그렇겠지. 테러범들이 너무 완강할 테니까."

푹신한 의자에 기대며 말하는 에임스의 표정은 한결 밝았다.

영국을 떠나 프랑스로 향하는 비행기 안에서 표도르 강

의 죽음을 확인하는 소식이 전해질 것이 확실했기 때문이다.

에임스는 호텔을 공격하는 구르카 부대를 테러 집단으로 규정하고 있었다.

구르카 부대도 하나의 희생양일 뿐이었다.

*   *   *

닉스메리어트호텔의 정문을 봉쇄한다는 말에 호텔에 투숙했던 아랍계 인물들이 호텔을 벗어나려고 했다.

그들은 OPEC 회의에 참석하기 위해서 호텔에 묵은, 쿠웨이트와 사우디아라비아에서 온 인물들이었다.

이들은 호텔의 봉쇄를 이해하지 못했고 안전을 위해 대피소로의 이동도 거부했다.

"사우디아라비아의 관계자들이 호텔을 떠나겠다며 정문을 당장 열어달라고 합니다."

"오히려 호텔을 벗어나는 것이 위험할 텐데."

티토브 정의 보고에 걱정이 들었다.

사우디아라비아의 관계자들이 호텔을 벗어나 이동하려는 도로 쪽으로 구르카 용병부대가 접근하고 있었다.

불길한 예감이 맞지는 않아야겠지만 이들이 사우디아라

비아 관계자들을 공격하지 않으리라는 보장이 없었다.

지금 런던의 상황은 누가 진짜 적이고 아군인지를 가리기가 힘든 상황이었다.

*　　　　*　　　　*

사우디아라비아의 인물들은 호텔 관계자들의 설득에도 불구하고 자신들의 경호원들과 함께 호텔을 떠나 공항으로 향했다.

쿠웨이트 관계자들은 다행히 호텔을 벗어나지 않았다.

호텔에서 2백여 미터 떨어진 곳에 멈춰 선 구르카 용병부대는 호텔로 이어지는 도로와 주변을 차단하기 시작했다.

그들과 함께 차에서 내린 열 명의 재규어들은 기지개를 켜며 닉스메리어트호텔을 바라보았다.

"호텔을 벗어나는 놈들은 모두 사살해."

재규어를 이끄는 존슨은 구르카 용병대를 이끄는 쉬레스타 대위에게 명령하듯 말했다.

"표도르 강만 죽이면 되는 것이 아니오?"

"그러다가 놈이 빠져나가면 당신의 가족과 부족민이 모두 죽는 거야. 그걸 원한다면 그렇게 해."

존슨의 말에 쉬레스타 대위는 분노가 치밀어 오르는 눈

으로 존슨을 노려보았다.

"으하하! 날 죽이고 싶겠지. 하지만 지금은 그 분노를 표도르 강에게 쏟으라고."

존슨이 두 주먹을 가늘게 떨고 있는 쉬레스타 대위의 어깨를 치며 말할 때 무전이 들어왔다.

─호텔에서 나온 차량이 오고 있다.

"차량을 처리한다."

가늘게 떨리는 목소리로 쉬레스타 대위가 명령했다.

"자! 놈을 잡으러 간다."

존의 말에 뒤쪽에서 대기하던 재규어들이 움직이기 시작했다.

*   *   *

닉스메리어트호텔에서 나온 네 대의 차량이 삼거리로 들어섰다.

교차로에 들어선 차들은 바리케이드가 세워진 곳에 멈출 수밖에 없었다.

바리케이드 뒤쪽으로는 중무장한 군인들이 차량을 겨누고 있었다.

"가서 바리케이드를 열라고 해."

OPEC 회의에 참석차 영국에 온 하탄 바흐비로가 말했다.

그는 사우디아라비아의 국영석유기업인 아람코의 핵심 인사였다.

그의 말에 앞자리에 탄 경호원이 차 문을 열고 밖으로 나갔다.

바리케이드 앞으로 간 경호원은 구르카 용병대원에게 자신이 타고 온 차량을 손으로 가리키며 무언가 말을 했다.

하지만 길을 막고 서 있는 구르카 용병대원들은 경호원의 말에 아무런 움직임을 보이지 않았다.

그러자 또 한 명의 인물이 차에서 내려 바리케이드를 직접 치우려는 움직임을 보였다.

탕!

그 순간 총소리와 함께 바리케이드를 들던 인물들이 뒤로 나자빠졌다.

쿵!

총소리가 신호가 된 것처럼 차량을 향해 수많은 총탄이 날아들기 시작했다.

타타다탕! 타다다탕탕!

갑작스러운 총격 때문인지 차 안에 있던 인물들 중 누구 하나 밖으로 나오지 못했다.

그 모습을 고스란히 지켜보던 경호원은 놀란 눈을 한 채 뒷걸음쳤다.

"잘 가라고."

구르카 용병들 사이에 서 있던 재규어 부대원이 뒤돌아 달려가는 경호원에게 장난하듯 권총을 겨누었다.

탕!

십여 미터를 달리던 경호원은 총소리와 함께 바닥에 쓰러졌다.

철퍼덕!

"크크! 누구도 살아서 이곳을 빠져나갈 수 없어."

서부의 총잡이처럼 권총을 입으로 불며 말하는 사내의 눈동자는 연녹색 빛을 띠고 있었다.

* * *

"사우디아라비아의 관계자들이 탄 차량이 총격을 받았습니다."

"설마 했는데… 살아남은 사람들은 있습니까?"

김만철 경호실장의 보고가 우려를 현실로 만들었다.

"정확히 확인할 수 없지만 대부분은 사망한 것 같습니다."

닉스메리어트호텔의 옥상에서 망원경으로 확인된 것은 총격 이후 차 안에서 사람이 나오지 않았다는 것이다.

"구르카 용병까지 놈들의 손안에 들어갔다는 것인가요?"

이해가 되지 않은 부분이었다. 런던 테러 사태에 구르카 용병대가 동원될 상황이 아니었다.

과거 최신 무기로 무장한 영국군이 1814년 인도 북부에 있는 조그만 구르카 왕국을 2년간 침공하면서, 그들은 엄청난 피해를 입었다.

구르카 부족의 용맹성과 놀라운 전투력을 경험한 이후 이들을 정복할 수 없음을 알게 된 영국군은 1816년 이들과 평화협정을 맺고 구르카 부족과 용병 계약을 체결한 후 이들을 용병으로 대거 받아들였다.

이후 영국의 식민지 쟁탈전의 최선봉에 구르카 용병부대가 앞장섰고, 그중에서도 가장 위험하고 귀찮은 곳에서 활동했다.

구르카 용병은 몽골의 후손으로 수천 년 전부터 유목민 생활과 사냥을 해온 몽골족의 생활 방식으로 인해 매의 눈과 같은 엄청난 시력을 갖게 되었다.

여기에 산소가 매우 희박하여 일반인은 숨도 쉬기 어려운 히말라야 고산지대에서 생활해 왔었기 때문에 어떤 체력 훈련으로도 따라잡을 수 없는 매우 강인한 체력을 갖고 있다.

이것은 체내에 높은 적세포 비율로 인해 쉽게 지치지도 않고, 지치더라도 빠른 회복력을 보이기 때문이다.

또한 험난한 산속에서 사냥을 해오면서 본능적으로 이동 중 소리를 내지 않았다.

마지막으로 전투에 있어 유리한 신체 조건을 갖춘 구르카는 죽음을 두려워하지 않는다.

이것이 스위스 용병과 프랑스 외인부대에 이어 구르카를 세계 3대 용병으로 치는 이유였다.

영국군은 매년 200~300명의 구르카 용병부대를 선발하고 있으며 현재 4천 명의 구르카 용병부대를 고용하고 있었다.

일 인당 국민소득이 2백 달러에 불과한 세계 4대 빈국인 네팔에서 높은 연봉과 연금이 보장되는 구르카 용병은 꿈의 직장이었다.

"놈들은 수단과 방법을 가리지 않고 있습니다. MI6가 연관되었다면 구르카를 동원할 수 있었을 것입니다."

"타격대가 올 때까지 최대한 버텨야만 합니다. 저한테도 총을 주십시오."

사우디아라비아와 외교 문제로 비화할 수 있는 OPEC 관계자들을 서슴없이 죽였다는 것은 호텔 내에 머무는 민간인들도 죽일 수 있다는 뜻이었다.

"알겠습니다. 호텔 내로 들어오지 못하게 한다면 저들을 물리칠 수 있을 것입니다."

"반드시 그래야 합니다. 우리가 뚫리면 이곳에 있는 모든 사람이 위험해질 테니까요."

코사크 타격대가 도착할 때까지 버티는 싸움이었다.

＊　　　＊　　　＊

닉스메리어트호텔로 향하던 코사크 타격대는 주차장이 되어버린 도로에 갇혀 버렸다.

"이대로는 호텔로 가기 힘들 것 같습니다."

타격대 1팀을 맡고 있는 체리세프가 타격대를 이끄는 일린에게 말했다.

"어떻게든 방법을 찾아봐."

일린의 표정은 심각했다. 차에서 내린 일린은 타격대를 이끄는 팀장들을 불러 모았다.

도클랜드에서 재규어를 처리하고 런던 경시청의 인물들에게 인계하는 과정에서 시간이 늦어졌다.

더구나 자살 폭탄 테러의 발생을 예상치 못했다.

"차라리 지하철로 이동하는 것이 어떻겠습니까?"

3팀을 맡고 있는 가진스키의 말이었다.

"지하철로?"

"예, 지하철은 아직 통행이 가능한 것 같습니다."

"그렇게 되면 무기와 장비를 다 가져가지 못할 텐데."

"가진스키 팀장의 말처럼 전투부대만 이동하고 도로가 열리면 차량을 호텔로 이동시키는 것이 좋겠습니다."

"지금으로써는 이 방법이 가장 좋은 방법인 것 같습니다."

"좋아, 최대한 전투에 필요한 장비를 챙겨 이동한다. 1팀과 2팀은……."

다른 팀장들까지 나서자 일린은 런던 지하철 노선도를 보며 작전을 짜기 시작했다.

*   *   *

타타다탕! 드르르륵!

쾅! 콰쾅!

요란한 총소리와 폭발음이 연속해서 들려왔다.

닉스메리어트호텔의 정문을 돌파하기 위해서 구르카 용병대는 쉴 새 없이 공격을 해왔다.

"정문을 사수해!"

쾅!

영국군 대전차무기인 LAW 80에서 발사된 폭탄이 터지자 철문 한쪽이 날아갔다.

퉁! 퉁!

쾅! 쾅!

연이어 유탄발사기에 발사된 폭탄이 날아오자 정문에 배치된 대원들이 버티질 못했다.

타타타다탕! 타다다타탕!

M240 기관총을 든 구르카 용병대원들의 화기 지원까지 가세하자 화력에 밀린 경호대원들이 뒤로 물러나기 시작했다.

탕!

털썩!

총소리와 함께 기관총을 난사하던 구르카 용병대원의 머리가 뒤로 꺾였다.

김만철 경호실장의 사격에 벌써 구르카 용병대는 일곱 명의 희생자를 내고 있었다.

"저놈을 잡아!"

쉬레스타 대위가 호텔 6층을 가리키며 말하자 집중사격이 이루어졌다.

타타다탕! 다타타탕!

6층의 창문이 깨져 나가며 호텔 외벽은 벌집처럼 변해 버렸다.

화력의 차이를 지리적 이점과 정확한 사격으로 버티고 있었지만, 구르카 용병부대는 소문대로 전투력이 뛰어났다.

더구나 예상보다도 너무 이른 시간에 정문이 뚫렸다.

"철저하게 준비하고 왔습니다. 대피소로 피하시는 게 좋겠습니다."

좋지 않은 상황에 티토브 정이 나에게 말했다.

구르카 용병부대는 호텔 주변을 넓게 포위하면서 반격을 무력화시키고 있었다.

일반 화기로 무장한 경호원들과 중화기로 무장한 구르카하고는 차이가 크게 났다.

더구나 구르카의 사격 솜씨 또한 경호원들 비교해도 손색이 없었다.

쾅!

또다시 날아온 대전차 미사일이 건물 정문을 강타하자 건물이 흔들렸다.

"대피소도 잠시뿐입니다. 타격대가 출발했다고 했으니, 놈들을 어떻게든 막아서야 합니다. 2층으로 가시죠."

난 자동소총을 집어 들며 말했다.

구르카 용병 열 명과 함께 재규어들은 저항이 상대적으로 적은 뒷문으로 접근했다.

"자, 모두 주사를 꺼내 맞아라."

재규어를 이끄는 존슨의 말에 재규어들은 녹색을 띤 약물이 들어 있는 주사를 각자의 팔에 놓았다.

"크으!"

주사제를 놓자마자 약간의 통증이 팔에서부터 몸 전체로 퍼졌다. 그러나 곧이어 상쾌함을 동반한 기분 좋은 기운이 온몸에 퍼지는 것이 느껴졌다.

"으음! 기분 최고야. 이번 것은 전보다도 더 기분을 날아가게 만들어."

마치 마약을 맞은 사람들처럼 몽롱한 표정들이 되었다.

"지금의 기분을 살려야지."

말을 하는 재규어 부대원의 눈동자가 점차 연두색을 띠기 시작했다.

더불어서 대원들의 팔과 다리의 힘줄이 더욱 도드라지게 튀어나왔다.

"자! 이제 놈들을 처리하러 가자. 돌입!"

쾅!

폭발물에 의해 철문이 떨어져 나가자 구르카와 재규어들이 호텔 정원 쪽으로 진입하기 시작했다.

Chapter 6

특수부대 복장을 하고 중무장한 군인들이 지하철로 진입
하자 사람들은 겁에 질린 채 길을 비켜섰다.

역무원들도 아무런 말을 못 한 채 게이트를 열어 군인들
을 역사 안으로 들여보냈다.

얼굴을 가린 코사크 타격대를 테러 진압을 위해 출동한
영국의 특수부대로 본 것이다.

지하철 전동차가 도착하자 코사크 타격대는 전동차 안에
있던 사람들을 모두 내리게 한 후 전동차에 올라탔다.

115명의 코사크 타격대는 한시가 급했다.

"호텔에서는 전투가 한창 벌어지고 있다. 1팀과 2팀은 외부에 있는 구르카 용병대를 처리하고, 3팀과 4팀은 호텔로 진입하여 적을 섬멸한다. 어떤 일이 있어도 회장님의 안전이 최우선이다."

일린은 타격대를 이끄는 팀장들에게 작전을 서둘러 설명했다.

"구르카 용병대는 얼마나 되는 것입니까?"

"2백 명에서 3백 명 안팎이다. 현재 우리를 지원할 다섯개 팀이 추가로 모스크바에서 출발했다. 그리고 대사관의 보안팀도 호텔로 향하고 있다는 연락을 받았다."

일린의 말처럼 러시아와 영국 현지 대사관이 급하게 움직이고 있었다.

영국 정부는 현재 일어난 테러 사태에 우왕좌왕하는 모습이었다.

각 지역에서 들어오는 보고와 정보들이 일관되지 않았고 거짓 정보까지 섞여 있었다.

닉스메리어트호텔에서 벌어지는 전투 또한 호텔을 점령한 테러범들을 소탕 중이라고 보고되었다.

"역에서 호텔까지 10분 거리입니다. 놈들이 퇴로를 막고 있다면 시간이 더 걸릴 수 있습니다."

3팀장인 가진스키의 말이었다.

"음, 하나하나 처리하면서 전진할 수 없어. 희생이 따르더라도 호텔로 가야 한다."

"혹시, 템즈강에 배가 있다면 호텔로의 진입이 쉬워질 수 있습니다."

타격대가 목적지로 잡은 타워 힐 역에서 템즈강이 가까웠다. 닉스메리어트호텔도 템즈강을 끼고 있었다.

"좋아, 작전을 수정한다. 1팀과 2팀은 원래 루트대로 움직인다. 3팀과 4팀은……."

시간이 촉박한 지금 일린은 모험을 하기로 결정했다.

*   *   *

타타다탕탕! 쾅!

쿵!

요란한 총소리와 폭발음에 닉스메리어트호텔의 아름다운 샹들리에가 바닥으로 떨어지며 박살이 났다.

"조금만 버티면 돼. 곧 타격대가 올 거다."

김만철 경호실장은 경호원들을 격려하며 총을 쏘았다.

타다다탕! 타타다탕!

구르카 용병대도 호텔 내부로 진입하기 위해 악착같았지만, 경호원들도 물러서지 않았다.

"빨리 뚫어! 시간 내에 놈을 죽이지 못하면 너희 고향에 있는 가족과 부족민들은 모두 몰살할 것이다."

재규어의 리더인 존슨이 구르카 용병대의 쉬레스타 대위를 몰아붙였다.

호텔 외곽은 정리되었지만, 내부 진입이 생각보다 늦어지고 있었다.

표도르 강의 경호대의 전투력이 예상을 뛰어넘었기 때문이다.

"닥쳐! 우린 벌써 돌아올 수 없는 강을 건넜어. 표도르 강이 누구인지 모르겠지만, 이 정도의 경호를 받는 인물이라면 우린 결코 살아남을 수 없겠지… 넌 날 속였어!"

쉬레스타 대위는 표도르 강을 OPEC 회의에 참석하는 기업인으로만 알고 있었다.

하지만 지금 호텔 안에서 구르카 용병대와 전투를 벌이는 인물들 모두가 특수부대를 연상시키는 전투력을 보였다.

지금껏 구르카 용병대가 경험해 보지 못한 상대였다.

"크하하하! 죽음을 두려워하지 않은 구르카가 이 정도였나? 내가 다시 말해주지. 표도르 강을 죽여야 너와 부대원들이 살아남을 수 있다. 만약 놈이 살아남게 되면 구르카는 앞으로 영원히 용병 생활을 할 수 없게 될 거야."

"도대체 표도르 강이 누구길래 그런 말을 하는 거야?"

"후후! 너의 부모 형제들을 지옥으로 보낼 수 있는 인물이지. 아니, 너희 나라인 네팔을 침공하여 너희 모두를 노예로 삼을지도 모르지. 으하하하!"

광기 어린 웃음을 토해내는 존슨의 눈동자가 더욱 녹색으로 변해 있었다.

'뭔가 크게 잘못되었어. 나로 인해 형제들이 지옥에 빠진 거야.'

쉬레스타 대위는 자신의 어머니와 남동생 머리에 총이 겨누어진 사진과 함께 수화기 너머로 울먹이는 여동생의 목소리로 인해 어쩔 수 없이 선택한 길이 크게 잘못되었다는 것을 느꼈다.

이미 구르카 용병대의 30%가 전투로 인해 죽거나 다쳤다.

＊　　　＊　　　＊

쾅! 콰쾅!

연속된 대전차 미사일의 공격에 1층 로비가 뚫렸다.

"3층으로 후퇴해."

김만철 경호실장의 말에 경호 요원들이 3층으로 향했다.

벌써 13명의 경호원이 희생되었다.

14명도 부상을 당해 전투를 할 수 없었다.

"옥상으로 올라가시지요. 회장님의 신병에 이상이 생기면 경호원들의 희생이 무의미하게 됩니다."

3층에서 전투를 벌이던 나에게 티토브 정이 말했다.

"그럴 수는 없습니다. 이곳에서 최후까지 싸울 것입니다."

"부실장의 말이 맞습니다. 놈들의 목적은 회장님입니다. 회장님이 안전해야 오늘의 일을 복수할 수 있습니다."

"후! 알겠습니다. 절대 무리하지 마십시오."

김만철과 티토브 정의 말이 옳았다. 오늘의 일을 이대로 넘길 수는 없었다.

이젠 눈에는 눈, 이에는 이로 나갈 수밖에 없었다.

*   *   *

템즈강 변에는 다행히도 유람선 한 척과 소형보트들이 있었다.

코사크 타격대는 선주들을 총으로 위협하여 배에 올라탔다.

―배를 확보했다. 3분 후에 도착한다.

타격대 3팀장인 가진스키가 무전을 날렸다.

배에 올라탄 코사크 타격대는 굳은 표정으로 검은 연기가 피어오르고 있는 닉스메리어트호텔을 바라보았다.

Chapter 7

"표도르 강은 어디에 있는 거야?"

존슨은 신경질적으로 소리쳤다.

호텔 지하에 대피소가 있다는 소리에 병력을 위아래 둘로 나누어서 진입했다.

존슨이 이끄는 재규어 부대는 위층으로 향했다.

"호텔 최상층에 있을 것이 분명합니다."

"이렇게 전진하다가는 내일이 돼도 놈을 잡을 수 없어."

1층과 2층은 넓은 공간이 확보되어 화력과 병력 우위로 밀어붙일 수 있었다.

하지만 3층부터는 좁은 복도와 비상구를 통해 전진해야 하는 것이 문제였다.

이미 호텔 엘리베이터는 중단되었다.

다시 동작시킨다 해도 엘리베이터에 올라탔다가는 쉽게 당할 수 있었다.

"헬리콥터가 필요합니다."

"그럼, 당장 요청해!"

팀원의 말에 신경질적으로 소리쳤다.

눈에 띄지 않게 움직이기 위해서 처음부터 헬리콥터를 배제한 것이 문제였다.

상부에서는 모든 지원을 해준다고 했다.

구르카 용병부대의 합류도 사실 믿지 못할 일이었지만 현실로 이루어졌다.

*   *   *

주영 러시아 대사인 야코벤코는 영국의 로빈 쿡 외무장관을 급하게 찾았다.

"닉스메리어트호텔이 테러리스트들의 공격을 받고 있습니다. 룩오일NY 표도르 강 회장의 신변에 이상이 생긴다면 우리 러시아는 절대로 가만있지 않을 것입니다."

몹시 화가 난 모습의 야코벤코 대사는 평소와 달리 강도 높게 말했다.

"너무 걱정하지 마십시오. 구르카 용병부대가 테러리스트를 격퇴하고 있다는 보고를 받았습니다."

OPEC의 회의에 참석차 런던에 도착했던 사우디아라비아의 관계자들이 테러리스트의 공격을 받았다는 소식이 전해진 상황이었다.

"무슨 소리입니까? 구르카 용병대가 닉스메리어트호텔을 공격하고 있습니다."

"하하하! 말도 안 되는 이야기를 하십니다. 구르카가 닉스메리어트호텔을 공격하다니요. 대사께서 뭘 잘못 알고 계신 것 같습니다."

"자! 이 소리를 듣고도 그런 소릴 하시겠습니까?"

야코벤코 대사가 가져온 녹음기를 틀자마자 총소리와 폭발음이 들려왔다.

─구르카 용병부대가 호텔을 공격한다. 다시 말한다. 구르카 용병대가 우리를 공격하고 있다. 신속한 조치를 취해 주기 바란다. 호텔을 벗어난 사우디아라비아 관계자들도 구르카 용병부대에 공격을 받았다.

"이게 무엇입니까?"

"룩오일NY 관계자가 대사관에 급하게 연락을 취한 내용입니다. 우리가 다시 연락을 취하려고 했지만, 호텔과는 연락이 되지 않고 있습니다. 영국이 자랑하는 구르카 용병부대가 테러리스트와 결탁을 한 것입니다."

야코벤코 대사의 말에 쿡 외무장관의 표정이 심각해졌다. 그의 말이 사실이라면 이건 보통 심각한 사태가 아니었다.

"잠시만 기다려 주십시오."

쿡 외무장관은 자리에서 일어나 보안회선으로 연결된 전화기를 들고는 어디론가 전화를 걸었다.

*　　　*　　　*

쾅!

6층에 올라서자마자 터진 폭발물에 3명의 구르카 용병부대원이 쓰러졌다.

호텔 복도에 설치된 부비트랩이 터진 것이다.

이러한 부비트랩으로 인해 위로 올라가는 발걸음이 늦어졌다.

"이러다가는 끝이 없겠어."

이들 뒤에 있던 재규어 대원이 신경질적으로 말했다.

점차 희생이 늘어나자 구르카 용병대원들도 불안한 눈빛

을 하고 있었다.

타다다타탕! 타타다탕앙! 드르르륵!

그때였다.

호텔 외부에서 요란한 총성음이 들려왔다.

호텔 외부에서 지원하던 구르카 용병부대원 열 명이 갑작스러운 총격에 바닥에 나뒹굴었다.

템즈강에서 배를 타고 온 코사크 타격대가 공격을 시작한 것이다.

쾅! 콰앙!

타타탕탕! 타다탕!

53명의 코사크 타격대는 유탄발사기를 발사하며 빠르게 전진했다.

온통 앞쪽에 신경을 쓰고 있던 구르카 용병부대는 측면과 뒤에서 접근한 코사크 타격대의 공격에 유리한 위치를 내주고 말았다.

"타격대가 도착한 것 같습니다."

창문으로 호텔 외부를 살핀 김만철 경호실장이 말했다.

"제때에 와주었군요."

간절히 기다리던 소식이었다.

"이제 놈들은 독 안에 든 쥐입니다."

김만철은 손에 든 자동소총을 창밖으로 겨누며 말했다.

그의 정확한 사격 솜씨 덕분에 구르카 용병부대가 적잖은 피해를 보았다.

"놈들에게 본때를 보여주지요."

나 또한 자동소총을 들어서 창문으로 다가갔다.

호텔 외부를 장악한 구르카 용병부대가 중기관총으로 객실을 향해 무차별 사격을 가하는 바람에 쉽사리 고개를 들수가 없었다.

하지만 지금은 중기관총의 소리가 뚝 끊겼다.

창문 아래를 내려다보자 구르카 용병대들이 호텔로 후퇴하는 모습이 보였다.

타다다다탕! 타다타다탕!

호텔 위에서도 총격이 가해지자 구르카 용병대는 더욱 난처한 상황에 놓였다.

*   *   *

런던 시티 공항에 도착한 에임스 부국장은 TV 화면 속에서 속보로 보도되는 화면에 만족감을 드러냈다.

BBC 앵커는 다급한 목소리로 닉스메리어트호텔과 세인트호텔에서도 테러가 벌어졌다는 소식을 전했다.

TV 화면에는 먼 거리에서 촬영한 화면이 잡혔고 두 호텔 위로는 검은 연기가 솟구치고 있었다.

"이제 슬슬 SAS가 정리할 시간이 되어가는군."

손목에 찬 시계를 보는 에임스의 입가에는 미소가 걸려 있었다.

"출발 준비가 끝났습니다."

비서인 올리버의 말에 에임스 부국장은 의자에서 일어났다.

"오늘은 그동안 먹지 못한 푸아그라를 느긋하게 즐길 수 있겠어."

런던 테러의 여파로 비행기가 뜰 수 없다는 이야기도 있었지만, 에임스는 MI6에 연락을 취해 이륙 허가를 받아냈다.

VIP 통로를 통해서 이동한 에임스와 올리버는 앞쪽에서 바닥을 청소하는 두 명의 청소부를 눈여겨보지 않았다.

두 명 다 여자였고 바닥에는 무엇을 흘렸는지 파란 얼룩이 보였기 때문이다.

열심히 바닥을 닦는 두 사람 옆을 지나가는 찰나였다.

두 명의 여자는 걸레로 가렸던 작은 봉처럼 생긴 막대를 꺼내어 두 사람에게 겨누고는, 막대 아래 보이는 작은 스위치를 눌렀다.

픽! 픽!

가는 휘파람 소리와 함께 작은 바늘이 두 사람 몸에 박혔다.

따끔한 느낌에 에임스가 뒤를 돌아보는 순간 옆에 있던 올리버가 바닥에 쓰러졌다.

"이… 너흰……."

털썩!

말을 다 끝내지 못한 에임스는 그대로 쓰러졌고, 두 여자는 이동식 청소도구함을 연 후 에임스 부국장을 청소함에 넣었다.

청소함은 2개였고 이동식 청소도구함에는 한 사람이 충분히 들어갈 공간이 있었다.

두 여자는 이동식 청소도구함을 천천히 밀며 VIP 통로를 여유롭게 벗어났다.

VIP 통로에 설치된 감시카메라는 에임스 부국장의 요청으로 1시간 동안 꺼져 있었다.

그는 공식적으로는 영국을 방문하지 않았고 프랑스에 머물고 있었기 때문이다.

그리고 5분 뒤 시티 공항에서 유일하게 이륙 허가가 떨어진 12인승 팔콘 900B가 런던 상공을 힘차게 떠올랐다.

하지만 팔콘 900B는 영국을 벗어나자 남쪽이 아닌 동쪽으로 기수를 돌렸다.

*　　　*　　　*

사우디아라비아 관계자들이 당했던 삼거리에서도 전투가 벌어졌다.

20여 명 정도가 남아서 거리를 통제하던 구르카 용병부대는 코사크 타격대의 급습에 크게 저항하지 못한 채 항복했다.

테러범을 처리하기 위해 출동했지만, 지금의 상황이 이상하게 돌아가고 있다는 것을 그들도 조금씩 느끼게 된 것이다.

"삼거리를 확보했다. 2팀이 곧 지원할 것이다."

일린은 무전기를 통해서 닉스메리어트호텔에서 전투를 벌이는 3팀과 4팀에 연락을 취했다.

후방을 확보했다는 것은 뒤통수를 맞을 염려가 없다는 것이다.

―호텔 외각을 확보 중이다. 저항이 심하다.

정문과 후문으로 진입한 코사크 타격대의 기습은 성공적이었지만 구르카 용병대 또한 명성에 걸맞게 쉽사리 무너지지 않았다.

1층과 2층에 자리 잡은 구르카는 코사크 타격대의 접근을 막고 있었다.

문제는 타격대가 중화기를 충분히 가져오지 않았기에 호텔 내로 진입하기 쉽지 않았다.

"시간이 촉박하다. 무슨 방법을 쓰든지 호텔로 진입해."

일린은 무전을 끊고는 호텔을 바라보았다.

총소리가 끊임없이 들려오는 닉스메리어트호텔에서는 시커먼 연기가 계속해서 솟구쳐 올랐다.

*   *   *

"생각보다 놈들의 저항이 심한 것 같습니다. 타격대가 쉽게 호텔 내로 진입하지 못하고 있습니다."

김만철 경호실장의 말이었다.

"놈들은 현재 몇 층에 있습니까?"

"8층에 진입했습니다."

"우리가 기습하지요."

"예, 기습이라니요?"

김만철은 내 말에 놀란 토끼 눈이 되어 되물었다.

"호텔 밖은 코사크 타격대뿐입니다. 내부에 있는 놈들에게 정보를 줄 사람이 없다는 것이지요."

나는 호텔 객실에 설치된 비상탈출용 완강기를 가리키며
말했다.

완강기는 10층까지 설치되어 있었다.

"이걸 타고 내려가서 기습을 하자는 말씀입니까?"

"아마 놈들은 7층과 8층에 몰려 있을 것입니다. 6층으로
내려가 위에 있는 놈들을 친다면 이 전투를 끝낼 수도 있습
니다."

"1층에 있는 구르카가 올라올 수도 있습니다."

"타격대로 인해서 그럴 상황이 아닙니다. 기껏해야 2층
까지만 놈들이 있고 나머지 층은 비어 있을 것입니다. 7층
과 8층의 놈들을 빠르게 처리하고 밑으로 내려가면……."

김만철에게 작전을 간략하게 설명했다.

지금은 반전이 필요할 때였다.

"모험을 해볼 만하지만, 전투에 직접 참가하시는 것은 반
대입니다. 너무 위험합니다."

"여기에 이렇게 놈들을 기다리는 것도 위험합니다. 놈들
을 막아서고는 있지만, 탄약이 떨어져 가고 있잖습니까? 타
격대가 구르카를 처리하고 올라오기 전에 놈들에게 당할
수 있습니다."

탄약이 충분치가 않았다.

"음, 알겠습니다. 정 부실장한테 연락을 취하겠습니다."

티토브 정은 9층에서 놈들과 전투를 벌이고 있었다.

12층에서 10층으로 이동한 후 객실마다 설치된 완강기에 나를 비롯한 열 명의 경호원들이 함께 몸을 실었다.

외부에서 전투를 벌이는 코사크 타격대에게도 더욱 강하게 밀어붙이라는 명령이 내려졌다.

행여 놈들이 눈치를 채지 못하게 하기 위해서였다.

타다다타탕! 다타탕다다탕!

쾅! 쾅!

2팀이 합세한 코사크 타격대의 집중사격이 이어졌다. 가져온 유탄발사기를 모두 소진할 정도로 쏟아부었다.

이 때문에 구르카 용병부대를 1층, 2층에 붙잡아둘 수 있었다.

9층에서 전투를 벌이는 티토브 정과 경호원들도 최대한 시간을 끌었다.

그 덕분에 완강기를 탄 열 명의 인물들 모두 6층으로 무사히 내려올 수 있었다.

"휴! 1분이 1시간처럼 느껴졌습니다."

함께 내려온 김만철 경호실장을 보며 말했다.

"역시, 회장님은 운을 타고나신 것 같습니다. 복도에 놈들이 있는지 확인해야겠습니다."

김만철은 내 어깨를 두드리며 객실 문에 달린 외시경을 통해 복도를 확인했다.

복도에는 몇 구의 시체가 있을 뿐 구르카는 보이지 않았다.

김만철은 조용히 밖으로 나가 양옆 객실들의 문을 조용히 두드렸다.

그러자 함께 내려온 열 명의 경호원들이 하나둘 객실 문을 열고 나왔다.

다섯 명씩 두 팀으로 나누어졌고 한 팀은 비상구를, 날 포함한 나머지 인원들은 본 계단을 맡았다.

쾅! 다타타탕!

아악!

계단에 접근하자 요란한 총소리와 함께 비명이 들려왔다.

김만철이 선두에 서고 난 맨 마지막에 섰다.

조심스럽게 한 발, 한 발 움직이던 김만철이 수신호를 보내자 움직임을 멈췄다.

바로 위층에 16명의 구르카 용병대가 있었다.

전투가 벌어진 위층을 주시하고 있는 구르카 용병대는 몹시 긴장해서인지 아래에서 조용히 접근하는 우리를 알아

채지 못했다.

　김만철이 수류탄을 들며 수신호를 하자 뒤따르던 구드라쇼프가 수류탄을 꺼내 들었다.

　조용히 손가락으로 숫자를 센 김만철은 수류탄을 왼쪽으로 던졌고, 구드라쇼프의 수류탄은 오른쪽으로 향했다.

　탁! 데구루루!

　바닥에 한 번 튕긴 수류탄들은 구르카 용병대들의 발아래로 정확히 전달되었다.

　쾅! 콰앙!

　좁은 복도와 계단에 몰려 있던 구르카 용병대는 수류탄을 그대로 뒤집어썼다.

　몇 초 뒤 폭발음은 비상계단에서도 들려왔다.

　"이게 무슨 소리야?"

　8층에 있던 존슨이 밑에서 들려온 폭발음에 놀라 물었다.

　"수류탄이 터진 것 같습니다."

　재규어 대원인 로자노가 대답했다.

　"확인해."

　존슨의 말에 재규어 대원 네 명과 구르카 용병 다섯이 아래로 향했다.

　재규어 대원들이 8층으로 내려가자 계단에는 쓰러진 구

르카 용병들로 가득했다.

"으으악!"

"아악! 살려줘!"

고통 섞인 신음성이 가득한 복도에도 여덟 명의 구르카 용병들이 쓰러져 있었다.

"놈들이 어떻게?"

아퀴노가 의구심에 가득한 표정으로 물을 때였다.

타다타타탕!

문짝이 날아간 호텔 객실 양쪽에서 총격이 가해졌다.

퍼퍼퍽!

"컥!"

아퀴노의 앞에 서 있던 구르카 용병이 벌집이 되어 바닥에 쓰러졌다.

아퀴노 또한 두 발의 총알을 어깨와 허벅지에 맞았지만 쓰러지지 않았다.

타다다탕!

오히려 몸을 옆으로 숨기며 사격을 가해왔다. 총을 맞은 사람의 움직임이 아니었다.

기습적인 공격에 4명의 구르카 용병들이 쓰러졌다.

하지만 함께 내려온 재규어들은 총상에 아랑곳하지 않고 반격을 가해왔다.

"보셨습니까? 총을 맞고도 쓰러지지 않았습니다."

말도 안 되는 상황이라 김만철에게 확인하듯 물었다.

"봤습니다. 저놈들은 구르카 용병대가 아닌 것 같습니다. 입고 있는 복장도 다릅니다."

재규어와 구르카는 확연히 구분되었다.

재규어는 짙은 회색 복장에 검은색 방탄 조끼를 착용하고 있었지만, 구르카 용병부대는 얼룩무늬 전투복만을 입고 있었다.

"총을 맞고도 어떻게 저런 동작을 펼칠 수 있을까요?"

총에 맞은 재규어 대원들은 마치 고통을 느끼지 않은 사람처럼 행동했다.

표정도 전혀 고통이 느껴지지 않는 사람처럼 보였다.

타다타탕!

"흑!"

순간 비명이 소리가 이어졌다.

재규어의 반격에 총에 맞은 경호원이 뒤로 넘어가며 내지른 소리였다.

타다타타탕!

김만철이 총을 쏘는 사이 반대편 객실에 있던 경호원이 부상자를 안으로 끌어들였다.

"크! 저놈들을 다 죽여 버릴 거야."

주사제의 약효가 떨어졌는지 덴도커가 얼굴을 찡그리며 말했다. 덴도커는 방탄조끼가 커버할 수 없는 옆구리와 팔에 총상을 입었다.

그는 포켓 주머니에서 주사제를 다시금 꺼내 들었다.

"조심해. 하루 투여량을 넘어서면 문제가 생길 수 있어."

이미 재규어는 호텔에 침입하기 전 주사제를 맞았다. 더구나 주사제는 이전보다 강력한 약효를 발휘했다.

총을 맞은 자리는 지혈제를 사용하지 않았는데도 피가 멈췄다.

"걱정하지 마. 저놈들을 죽이려면 이게 필요해."

덴도커는 카스틸스의 말에 아랑곳하지 않고 목덜미에 주사제를 놓았다.

"컥― 억! 정말 죽이는군."

주사제를 놓자마자 덴도커의 동공이 확장되며 옅어졌던 녹색 빛깔이 더욱 짙어졌다.

총을 맞은 아퀴노 또한 주사제를 맞고 있었다.

20여 초 정도 지나자 두 사람은 벌떡 일어나 앞으로 나서며 총을 사방에 갈겨대기 시작했다.

마치 람보 영화 속 주인공이 된 것처럼 저돌적으로 총질하는 모습이었다.

타다다탕탕! 다다다타타탕!

"크하하하! 다 죽어라!"

실성한 모습처럼 덴도커는 큰 소리로 외치며 총을 난사했다.

타다탕!

퍼퍼퍽!

김만철의 정확한 사격이 덴도커의 몸에 적중했다.

하지만 총을 맞은 덴도커는 아무렇지 않은 듯 탄창을 교체하며 앞으로 걸어왔다.

말이 안 되는 상황이 벌어지고 있었다.

아무리 방탄조끼라고 해도 7.62㎜ 살상용 탄환을 완벽하게 막을 수는 없었다.

타다타탕!

나 또한 덴도커를 향해 총을 쏘았다.

몸에 박힌 총알은 덴도커를 움찔하게 만들었지만, 바닥에 쓰러뜨리지 못했다.

"이런 말도 안 되는 일이……."

총알이 박힌 몸에서 피가 흘러내리고 있었지만, 고통을 느끼지 못하는 것처럼 보였다.

그때였다.

뒤쪽에서 덴도커처럼 총을 난사하던 아퀴노가 인간이 낼 수 없는 괴성을 질렀다.

"크아아악!"

펑!

그리고 갑자기 아퀴노의 몸이 부풀어 오르며 폭발했다.

곧이어 덴도커 또한 몸이 풍선처럼 부풀어 올랐다.

"으아아악!"

마치 지금껏 느끼지 못했던 고통이 한꺼번에 몰려오는 것처럼 울부짖듯이 신음성을 토해냈다.

펑!

연달아 몸이 터져 나가자 가까이에 있던 구르카 용병과 재규어 대원들도 함께 쓰러졌다.

폭발의 영향은 생각보다 컸다.

무슨 일이 일어났는지는 모르겠지만, 놈들은 스스로 자멸하고 말았다.

"허! 방금 무슨 일이 벌어진 건가요?"

김만철 경호실장은 놀란 눈을 한 채 나를 보며 말했다. 말로서는 설명되지 않는 일이었다.

"영화에나 나올 법한 일이 벌어졌습니다. 저 두 사람의 몸에 뭔가 일어난 것 같습니다. 지금의 기회를 살려야겠습니다."

지금 중요한 것은 8층에 적을 소탕하는 거였다.

위아래로 공격한다면 적은 독 안에 든 쥐였다.

"그래야지요. 저놈들의 무기 좀 챙겨야겠습니다."

쓰러진 인물들에게서 총과 탄창을 챙겼다. 총알이 떨어져 가던 상황이라 마음껏 총을 쏘지 못했다.

위층의 상황도 여유가 없는지 다른 인물들은 내려오지 않았다.

"뭐 하는 거야! 놈들을 뚫어!"

존슨은 신경질적으로 소리 질렀다.

선두에 섰던 구르카 용병들이 수류탄에 당했다.

구르카가 던진 수류탄을 경호원이 다시금 집어 던졌다.

"우린 최선을 다하고 있어!"

존슨의 말에 구르카 용병 하나가 소리쳤다.

자신의 상관이 아닌 인물의 말이 계속되자 귀에 거슬렸다. 더구나 동고동락했던 동료들이 죽어나가는 상황이 견디기 힘들었다.

"하하하! 최선을 다하는 것은 아니지. 10층을 뚫어. 그래야 최선인 거야. 아니면 너희 마을은……."

타다다타탕!

"컥!"

털썩!

존슨의 말이 끝나기 전에 총격이 가해졌다. 그에게 반발하던 구르카 용병의 몸이 허물어졌다.

"이런! 제기랄!"

존슨은 복도 쪽으로 몸을 날렸다.

8층에서 날아온 총알이었다. 밑으로 내려간 인물들이 5분 도 안 돼서 당한 것이다.

"페키르! 바란! 놈들을 잡아."

존슨은 재규어 대원에게 소리쳤다.

9층에는 17명의 병력뿐이었다. 한 층 한 층 뚫고 올라오 면서 너무 많은 병력이 소진되었다.

더구나 1층과 2층에 있는 병력을 불러올 수 없는 상황이 었다.

존슨의 말에 페키르와 바란이 아래층을 향해 총격을 가 하며 몸을 일으키려는 순간 비상구 쪽 계단에서 강력한 폭 발음이 들렸다.

매캐한 먼지가 비상구 계단이 있는 오른쪽에서 퍼져 나 왔다.

그러고는 강력한 기관총 세례가 가해져 왔다.

SAS의 타이거 공격 헬기가 9층을 향해 미사일과 기관총 을 쏜 것이다.

이와 함께 다수의 헬리콥터 소리가 들리며 호텔의 옥상 으로도 수송헬기가 접근하고 있었다.

"전투에 참여했던 구르카와 재규어를 희생양으로 끝내야 겠습니다. 표도르 강과 러시아가 생각보다 빨리 움직였습 니다."

MI6의 소오스 국장의 보고를 받는 인물은 영국의 엘리자 베스 2세 여왕의 장남이자 제1왕위 계승자에 해당하는 웨 일스 공 찰스였다.

콘월 공작으로 불리는 그의 왼쪽 가슴에는 다이아몬드로 만든 독수리 배지가 달려 있었고, 독수리는 발아래 3개의 황금 화살을 쥐고 있었다.

찰스 공은 일곱 명의 마스터 중 하나였다.

"에임스 부국장은?"

"CIA의 조지 테닛 국장과 FSB가 움직였습니다. 암스테 르담까지 추적했지만, 행방을 놓쳤습니다."

"런던을 불타오르게 하고서 얻은 것이 고작 IRA(아일랜드 공화국군)의 처리뿐인가?"

"사우디아라비아의 왈리드 왕자 측이 하탄 바흐비로 처 리의 대가로 5억 달러를 보내주기로 했습니다."

하탄 바흐비로는 OPEC 회의에 참석한 아람코의 핵심 인사로 사우디 왈리드 왕자의 경쟁자인 칼리드 반 술탄 왕자의 최측근 중 하나였다.

"푼돈을 벌자고 이 일을 진행한 것이 아니잖아. 오히려 웨스트에 좋은 일만 시켜준 것 같아."

콘월 공작의 말처럼 OPEC 회의의 무산과 회의 참석차 런던을 방문한 아람코의 바흐비로의 죽음은 국제 원유 가격을 출렁이게 했다.

더욱이 세인트호텔에 머물던 이라크 관계자들도 사망했다는 소식이 전해지자 석유 가격이 내림세를 멈추고 상승세로 돌아섰다.

"국내 안정이 시급한 때였습니다. IRA에 대한 여론이 돌아선 지금 북아일랜드에 대한 처리를 깔끔하게 할 수 있습니다. 이와 함께 테러에 동원된 인물들을 이용해 이라크 내 시아파 과격분자들 처리를 더 쉽게 할 수 있습니다. 이는 이라크에서 영향력 확대를 노리고 있는 시아파의 힘을 줄일 기회로……."

소오스 국장은 런던에서 벌어진 테러 사태의 처리와 이용 방법에 관한 이야기를 꺼냈다.

시티 오브 런던에 자리 잡은 은행들에 대한 공격에 이슬람 시아파 과격분자들이 동원되었다.

세계를 관리하고 발아래 두기 위해서 이스트와 웨스트의

세력은 불법과 합법을 가장한 일들을 쉴 새 없이 벌이고 있었다.

"음, 표도르 강에 대한 처리를 다시 생각해야겠어. 에임스가 놈들에게 넘어가면 위험하지 않을까?"

"에임스는 이미 버리는 패였습니다. CIA의 테닛 국장을 만나 이에 대해 충분한 대비를 할 예정입니다."

"표도르 강에게 더는 고급 정보가 유출되지 않게끔 해야 해. 놈이 우리 편에 서지 않는 한 말이야."

"예, 에임스가 정보를 넘긴다 해도 이번 러시아의 경제 위기가 표도르 강을 추락시킬 것입니다. 그때가 되면 우리에게 무릎을 꿇고 사정을 할 수밖에 없습니다."

"하하하! 오만한 러시아의 곰이 개처럼 기는 것도 나쁘지 않겠군."

큰 소리로 웃음 짓는 콘월 공작은 평소에 보이던 왕세자의 모습이 아니었다.

한때 해가 지지 않는 나라로 불리며 세계를 지배하던 영국이 다시금 옛 영광을 찾기 위해 움직이고 있었다.

*　　　*　　　*

새롭게 등장한 영국의 특수부대인 SAS는 구르카 용병부대를 공격하기 시작했다.

1층과 2층에서 저항하던 구르카 용병부대를 향해 타이거 공격 헬기가 무차별적인 공격을 퍼부었다.

SAS는 통상적인 방법을 사용하지 않았고 항복을 요구하지도 않았다.

마치 호텔 내에 머무는 구르카 용병부대원 모두를 사살할 것처럼 행동했다.

9층에 대한 공격은 코사크의 요청으로 중단되었다.

자칫 전투를 벌이는 경호원들이 부상을 당할 수 있기 때문이었다.

"SAS가 출동했습니다. 우리보고 뒤로 빠지라고 합니다."

타격대 2팀의 팀장이 타격대를 이끄는 일린에게 보고했다.

"무슨 소리야? 회장님의 안전을 확인해야 해. 놈들에게 우리가 올라간다고 전해."

"허용하지 않겠다고 합니다. 자신들이 테러범을 소탕하겠다고 합니다."

"다시 전해. 그러면 우리와 전투를 해야 한다고 말이야. 대공미사일을 준비했다는 말도 함께."

교통체증으로 갇혀 있었던 코사크의 차량들이 호텔에 도착했다.

코사크 타격대는 러시아에서 만든 휴대용 대공미사일 이글라(IGLA SA—16)를 소유하고 있었다.

"알겠습니다."

일린의 말이 떨어지자 코사크 타격대는 상공을 선회하는 헬리콥터들을 향해 이글라를 조준했다.

그리고 몇 분 뒤 호텔을 선회하던 타이거 공격 헬기 2대가 뒤로 물러났다.

이미 타이거 공격 헬기는 1층과 2층을 초토화한 상태였다.

타이거가 뒤로 빠지자 코사크 타격대가 빠르게 호텔로 진입했다.

*   *   *

"크크! 결국, 우리를 버린 건가?"

9층에서 재규어를 이끌던 존슨이 허탈한 표정으로 웃음을 지었다.

파편에 상처를 입은 존슨의 머리에서 피가 흘러내렸다.

9층에 있던 재규어 대원과 구르카 용병들은 타이거 헬기의 사격과 옥상에서 내려온 SAS(공수 특전단)의 공격을 받았다.

17명의 인물 중 살아남은 인물들은 존슨을 포함해 서너 명에 불과했다.

SAS는 호텔 내에 몇 층에서 전투가 벌어지고 있는지를 정확히 알고 있었고, 구르카 용병들이 점령한 층도 사전에 파악하고 있었다.

이는 코사크 타격대의 무전을 도청했다는 방증이었다.

"본부가 우리를 포기한 것입니까?"

함께한 핸더슨이 절망적인 표정으로 말했다.

"방금 우릴 공격한 것이 누구라고 생각해?"

"코사크가 아닙니까?"

"아니, 우리가 기다리던 SAS다."

"그렇다면?"

"그래, 우린 실패한 거고. 놈들은 우릴 지우러 온 거지."

"이렇게 죽을 수는 없습니다. 우릴 개처럼 사용하고 버린다는 것이……."

타다다탕!

총소리가 앤더슨의 말을 끊었다.

"사냥개는 원래 사냥감을 잡지 못하면 문제가 되는 거야."

"그래도 이건 아닙니다. 차라리 표도르 강에게 항복하겠습니다."

"표도르 강에게?"

앤더슨의 말에 존슨의 표정이 바뀌었다.

"밑으로 내려갈 수만 있으면 됩니다. SAS는 위층으로 내려왔으니까요."

"놈이 우릴 받아줄까?"

"밑져야 본전입니다. 우릴 받아주면 모든 걸 다 이야기해야겠지요."

"좋아. 한번 해보지. 그전에 주사를 한 대 더 맞고 움직인다."

존슨의 말에 앤더슨은 주사제를 꺼내 목으로 가져갔다.

"크— 윽!"

"크! 죽이는군. SAS 놈들에게 선물을 선사하고 움직인다."

주사제를 맞은 존슨이 마지막 남은 수류탄을 손에 쥔 후, 손가락으로 숫자를 세었다.

손가락 세 개가 모두 굽혀지는 순간 수류탄이 앞쪽으로 날아갔고, 존슨과 앤더슨이 객실을 나와 뒤쪽 비상구로 달렸다.

쾅!

다타타탕탕!

뒤쪽에서 폭발음 함께 총소리가 이어졌다. 이미 구르카

용병부대는 전멸한 상황이었다.

비상구로 달리던 존슨과 앤더슨은 몇 미터를 앞에 두고 갑자기 몸이 부풀어 오르기 시작했다.

"이게… 뭐……."

펑! 펑!

존슨의 말이 끝나기도 전에 두 사람의 몸은 그대로 폭발했다.

Chapter 8

　닉스메리어트호텔은 전쟁터를 방불케 할 정도로 큰 피해를 보았다.

　건축 장인들의 손에 의해 공들여 만든 멋지고 아름다운 실내 장식들이 한순간에 사라져 버렸다.

　호텔은 자체적으로 보험을 들어놓은 상황이라 피해에 대한 보상은 받을 수 있었다.

　다행스러운 점은 대피소로 피신했던 호텔의 투숙객들과 직원들은 모두 무사했다는 점이다.

　하지만 나를 경호하던 경호원들 중 절반이 다쳤고 스무

명이 사망했다.

"놈들에게 우리가 받은 것을 고스란히 돌려줄 것이야."

구급차에 실려 가는 경호원들을 보며 말했다.

그들은 자신의 목숨을 아끼지 않고 날 지켰다.

경호원들의 헌신이 아니었다면 닉스메리어트호텔에서 멀쩡히 걸어서 내려오지 못했을 것이다.

"반격을 준비할 수 있을 것입니다. 에임스의 신병을 확보했습니다."

코사크 타격대를 이끄는 일린의 보고였다.

"놈을 통해서 우리가 당했던 몇 배를 고통을 웨스트와 이스트에게 돌려줄 것이야. 타격대의 피해는 어느 정도지?"

"1명이 사망하고 13명이 부상당했습니다."

타격대는 치열한 전투에 비해 피해가 적었다.

구르카의 병력이 줄어든 상황에서 기습을 펼친 것이 주요했다. 더구나 막바지에 1층과 2층에서 버티던 구르카 용병부대는 타이거 공격 헬기에 전멸하다시피 했다.

"부상한 대원들의 치료에 부족함이 없게 해야 해. 사망한 대원의 가족에게도 충분한 보상과 위로를 전해주게."

"알겠습니다. 회장님께서도 빨리 병원에 가시는 것이 좋겠습니다."

나 또한 전투 중에 수류탄 파편에 부상을 입어 어깨와 이마에서 피가 흘러내렸다.

"난 괜찮아. 나보다 대원들을 먼저 챙기게."

난 현장을 떠나지 않고 구급차로 옮겨지는 경호원들과 코사크 타격대원들을 하나하나 위로하고 격려했다.

그러한 나의 행동은 코사크와 경호원들에게 감동을 주었다.

그들은 내가 함께 총을 들어 싸우고 부상당했다는 잘 알고 있었다.

호텔 10층에서 완강기를 타고 내려오는 모습을 코사크 타격대는 호텔 밖에서 고스란히 지켜보았었다.

* * *

블레어 영국 총리는 테러가 발생한 날을 국가 애도의 날로 선포했다.

이와 함께 테러의 주체로 지목된 IRA(아일랜드 공화국군)와 급진적 시아파 세력에 대한 철저한 조사와 응징을 다짐했다.

그러나 정작 닉스메리어트호텔을 공격했던 재규어 부대와 구르카 용병부대에 대해서는 일절 아무런 말이 나오지 않았다.

재규어 부대에 대한 정보를 제공했던 런던 경시청도 이에 대한 일에 함구로 일관했다.

런던 테러의 모든 원인 제공은 IRA와 급진적 강경 시아파 세력으로만 규정했다.

블레어 영국 총리는 공식적인 자리에서 테러 공격을 받은 룩오일NY의 회장인 나와 이번 테러로 희생당한 사우디아라비아 관계자들에 대해 사과했다.

또한 닉스메리어트호텔에서 발생한 피해에 대해 적극적으로 영국 정부가 지원하겠다는 말도 전했다.

러시아 정부의 대변인은 영국의 정보부와 테러 조직 간의 연계성이 있다는 성명을 발표했지만 이러한 내용에 대해 영국 정부와 언론은 모르쇠로 일관했다.

미국과 다른 유럽의 국가들도 이러한 러시아 정부의 발표를 신뢰성이 없다는 말로 일축했다.

"모스크바는 어떤가?"

"파리에 못지않은 아름다운 도시입니다."

에임스는 나의 질문에 긴장한 모습으로 대답했다.

"아름다움이라… 파리가 풍기는 낭만은 이곳에서는 기대하기 힘들지. 왜 너를 죽이지 않고 살려두었는지 아나?"

CIA 테닛 국장이 신의주 특별행정구에서 에임스의 제거를 부탁했던 것을 에임스에게 들려주었다.

"쓸모가 있으셔서……."

에임스는 나의 눈치를 살피며 조심스럽게 말했다.

자신의 목숨이 나에게 달렸다는 것을 에임스는 잘 알고 있었다.

또한 에임스가 몸담았던 조직과 CIA가 자신을 버렸다는 것도.

"쓸모라… 너로 인해 희생한 경호원과 타격대의 희생에 비한다면 값어치는 크게 떨어지지. 테닛 국장이 MI6의 소오스 국장과 만나지 않았다면 넌 살아남지 못했을 거야."

나의 말에 에임스의 두 눈이 커졌다.

테닛이 소오스와 만나리라는 것을 전혀 예상하지 못한 표정이었다.

"그게 사실입니까?"

"내가 왜 너에게 거짓말을 하겠나. 나와 테닛의 만남을 네가 알고 있었던 것처럼 우리 또한 테닛의 동정을 살피고 있지. 소오스가 테닛을 만난다는 것은 네가 했던 일들과 조직을 테닛에게 넘기겠다는 뜻이겠지."

에임스는 나의 말을 담담히 듣고 있었지만, 그의 눈빛은 절망에 빠져 있었다.

에임스 부국장 아래에 있던 조직은 유럽에 아직 건재했다.

에임스는 모스크바에 도착한 이후에도 CIA와 웨스트가 자신을 구할 것이라는 기대감을 안고 있었다.

그 때문에라도 한동안 에임스는 입을 굳게 다물었다.

"제가 어떻게 했으면 좋겠습니까?"

"네 머릿속에 들어 있는 모든 것을 다 끄집어내. 그중에 값어치가 있다고 판단되는 것이 있다면 하늘이 주어진 수명대로 살아갈 수 있겠지."

"알겠습니다. 대신 저의 안전을 책임져 주십시오."

"러시아를 벗어나지 않는다면 안전을 약속해 주지."

"그럴 일은 없을 것입니다."

에임스는 러시아에서 나의 영향력이 어떤지를 잘 알고 있었다.

룩오일NY와 소빈뱅크를 앞세워 독립국가연합은 물론 동유럽까지 서서히 힘을 확장하고 있다는 사실까지 말이다.

에임스는 나와의 만남 이후 자신이 알고 있는 정보와 함께 안경집에 숨겨놓은 마이크로필름을 건넸다.

그 안에는 웨스트와 이스트에 대한 정보가 들어 있었고, CIA와 웨스트의 비밀 자금이 보관된 스위스 비밀 계좌까지 포함되어 있었다.

CIA의 자금은 미국에 마약을 공급하는 남미 카르텔들에서 비밀리에 거둬들인 공작 자금이었다.

웨스트의 자금 또한 재규어와 같은 별도의 조직을 구축하고 운영하는 비밀 자금이었다.

이 자금은 웨스트의 영향력 아래에 있는 미국의 금융과 언론사에서 흘러 들어온 자금이다.

*   *   *

"스위스은행에 보관 중인 CIA의 비밀 자금은 17억 달러입니다. 에임스의 말처럼 CIA가 전혀 알지 못하는 자금이었습니다. 문제는 스위스 메릴린치투자은행에 있는 41억 달러의 웨스트 자금입니다. 메릴린치투자은행은 미국의 JP모건과 연관되어 있어 일정 금액 이상의 자금이 출금되면 곧바로 JP모건에 연락됩니다. 이러한 점 때문에 에임스가 웨스트 자금을 빼돌릴 수 없었을 것입니다."

코사크 정보센터장인 쿠즈민의 보고였다.

쿠즈민은 소빈뱅크의 협력으로 에임스가 전해준 비밀 계좌들을 조사했다.

"웨스트 쪽은 나중에 처리하더라도 CIA의 비밀 자금은 우리가 차지할 수 있는 건가?"

"CIA의 자금은 두 개의 계좌로 나누어져 보관되어 있습니다. 한 개의 계좌에 들어 있는 6억5천만 달러의 비밀번호는 에임스가 제공한 마이크로필름에 있었지만, 10억5천만 달러 계좌에는 비밀번호가 없었습니다. 에임스의 말로는 남미 카르텔과 연관되었던 도널드 그레그가 정보를 갖고 있을 수도 있다고 합니다."

도널드 그레그는 동유럽과 러시아 현장 책임자로 푸틴과 손을 잡고 제2의 쿠데타를 일으켰다.

그는 현재 모스크바에서 체포되어 코사크 아래에서 관리되고 있었다.

CIA 테닛 국장은 신의주에서 도널드 그레그의 석방을 요청했었다.

"10억5천만 달러는 그레그가 열쇠를 쥐고 있다는 것이군."

"예, 지금까지 저희에게 잘 협조했지만, 이번 것은 어떻게 나올지 모르겠습니다."

"이참에 테닛의 자존심을 세워주지. 그레그에게 전해. 야쿠츠크의 사타가이 교도소로 향하든지 아니면 미국으로 돌아가든지 선택하라고 말이야."

그레그도 미국으로 돌아가길 간절히 원하고 있었다.

"무슨 말씀인지 알겠습니다."

쿠즈민은 나의 말을 잘 이해했다.

코사크에 적극적으로 협조하는 CIA 인물들은 야쿠츠크의 교도소에 수감되지 않고 별도의 수용 공간에서 관리되었다.

사타가이와 타바가 교도소에 수용된 인물들도 상상할 수도 없는 극심한 추위와 배고픔에 생각을 바꾸었다.

*　　　　*　　　　*

CIA의 테닛 국장이 비공식적으로 모스크바를 방문했다.

에임스 부국장의 문제와 함께 석방되는 도널드 그레그를 데려가기 위해서였다.

"큰 고생을 하셨다는 소리를 들었습니다. 에임스가 그렇게까지 철저하게 덫을 준비하였는지 몰랐습니다."

"저를 경호하는 인물들 상당수가 희생을 당하였습니다. 그들이 아니었다면 멀쩡한 몸으로 영국을 떠날 수 없었을 것입니다."

"도움을 주신 것에 대해서는, 약속한 대로 회장님의 사업을 적극적으로 돕겠습니다. 한데 에임스 부국장이 탑승한 것으로 보이는 팔콘 900B가 왜 파리로 향하지 않고 체코에서 추락했는지 모르겠습니다."

테닛은 은근슬쩍 에임스 부국장에 대한 질문을 던졌다.

그의 말처럼 암스테르담의 스히폴공항을 거쳐 체코로 향하던 팔콘 900B가 벌판에 추락해 탑승객 모두가 사망하는 사고가 발생했다.

비행기는 추락 후 폭발과 함께 화염에 휩싸여 기체가 녹아버릴 정도로 모두 타버렸다. 탑승객들도 도저히 형체를 알아볼 수 없을 정도로 불에 타버렸다.

"글쎄요. 저는 그 시간에 닉스메리어트호텔에서 생사를 다투고 있었으니까요. 추락한 비행기에 탑승한 인물들은 모두 사망했다는 소식을 TV로 전해 듣기는 했습니다."

"혹시나 회장님께서 처리하신 것이 아닌가 해서 여쭈어 보았습니다. 런던에서 잠시 포착된 에임스가 모습을 감추었기 때문입니다."

"에임스가 체코에서 떨어진 비행기에 탑승한 것이 확실합니까?"

"현재로써는 가장 가능성이 큽니다. 탑승했던 인물들의 형체가 녹아버릴 정도로 완전히 타버려서 DNA 조사도 어려운 상황입니다."

"에임스 부국장의 행방은 저희도 찾고 있습니다. 제가 당한 복수를 돌려주어야 하니까요. 그리고 CIA에서 저희에게 제공한 정보 중에 다른 부분이 적지 않았습니다. 그 덕분에 코사크 타격대까지 큰 희생을 치를 뻔했습니다."

"그 점에 대해서는 깊이 사과드립니다. 유럽의 조직이 에임스의 수중에서 관리되었기 때문에 정보 전달이 제대로 이루어지지 못한 것 같습니다."

"물론 문제가 있었다는 것은 이해하겠지만 저희가 본 피해는 이대로 그냥 넘어갈 수는 없습니다."

"어떤 것을 원하십니까?"

"코사크의 미국 진출을 당장 진행할 수 있게 해주십시오. 이번 런던 테러에서 느낀 것이 은행과 호텔의 보안은 현지 경찰로서는 막기 힘듭니다. 이것은 미국에서도 마찬가지였으니까요."

뉴욕의 월스트리트에서도 소빈뱅크를 방문하던 나를 테러의 대상으로 삼았었고, 이번 영국의 시티 오브 런던에서도 소빈뱅크가 공격을 당했다.

런던 현지에 파견된 코사크 타격대가 아니었다면 다른 은행들처럼 큰 피해를 입었을 것이다.

"음, 약속은 해드린 상황이지만 현실적으로 지금은 어려운 상황입니다."

"전 이번 일로 사업상 큰 손해를 입었습니다. 이와 함께 테닛 국장님께 충분한 호의를 베풀었다고 생각하는데요. 솔직히 미국도 테러에 안전한 곳이 아니지 않습니까? 이번 경험을 통해 느낀 것은 웨스트는 수단 방법을 가리지 않는 다는 것입니다. 그들의 공격이 국장님에게로 향할 수도 있 습니다."

도널드 그레그 동유럽 현장 책임자의 석방은 테닛 국장 에게 큰 선물이었다.

CIA의 장악과 에임스 부국장이 벌인 일들을 수습하는 데 있어 그의 입지를 크게 넓혀주는 일이었다.

"음, 알겠습니다. FBI(연방수사국)와 곧바로 협의를 진행 하겠습니다. 대신 정보팀의 진출은 어려울 것입니다."

잠시 고민하던 테닛 국장은 어렵게 입을 열었다.

동유럽에서 붕괴한 CIA 정보망을 재건하기 위해서는 코 사크와 러시아 FSB의 협조가 필요했기 때문이다.

"물론입니다. 코사크는 경비업에 충실할 것입니다."

런던 테러 사태는 코사크의 미국 진출을 앞당기는 역할 을 했다.

런던에서 희생당한 코사크 대원과 경호원들에 대한 장례 식이 거창하게 진행되었다.

런던에서 희생당한 대원들의 가족들에게는 충분한 금전 적 보상과 함께 연금 지급, 그리고 거주지가 새롭게 제공되 었다.

이와 함께 이들의 자녀들은 향후 룩오일NY 산하 기업들에 특채되어 근무하게 되는 특전이 주어진다.

러시아 최고의 기업을 넘어서 세계로 향하고 있는 룩오일NY의 일원으로 소속된다는 것은 러시아 국민이라면 누구나 꿈꾸는 일이었다.

러시아와 독립국가연합에 속한 젊은이들의 최대 목표와 바람은 룩오일NY의 입사였다.

그러나 개개인이 갖춘 실력이 뛰어나도 그것만으로는 입사의 기회가 절대로 주어지지 않는다.

룩오일NY가 원하는 조건에 부합되어야만 했고 자세한 조건은 외부로 알려지지 않았다.

*　　　*　　　*

쾅! 쾅! 쾅! 쾅!

대포가 희생당한 인원 숫자대로 허공을 향해 발사되었다.

장례식이 치러지는 장소는 룩오일NY에 의해서 모스크바 근교에 마련된 추모공원 겸 묘지였다.

러시아 무명용사의 묘보다도 더욱 멋지고 아름답게 만들어진 곳이었다.

이곳에 묻힐 수 있는 자격은 룩오일NY에 지대한 공헌과 희생을 한 자들로 국한된다.

"희생자들에 대한 묵념!"

대포가 모두 발사된 후 참석자들 모두가 고개를 숙여 희생자들을 추모했다.

추모식에 참석할 수 있는 인물들은 오로지 코사크와 희생자의 가족들, 그리고 룩오일NY 관계자들뿐이다.

다른 사람들은 참석하고 싶어도 참석할 수가 없었다.

희생자들뿐만 아니라 작전 중 다친 자들에 대한 대우도 최상급으로 진행되었다.

병원 치료 후에 코사크의 근무나 경호 업무를 정상적으로 할 수 없는 상황이라면, 본인이 원하는 룩오일NY 산하 기업에서 하고 싶은 일을 할 수가 있었다.

부상에 대한 부작용을 최소로 하기 위해서 모든 치료가 소빈메디컬에서 무상으로 평생 이루어진다.

주거지 또한 원하는 곳에 마련해 주고 생활 전반에 필요한 모든 것이 제공된다.

이러한 지원이 원활하게 이루어지도록 룩오일NY 산하에 룩오일NY유공자지원센터가 독립적으로 운영되고 있었다.

유공자지원센터에서는 룩오일NY와 코사크에서 매년 5천만 달러의 기금이 지속적으로 조성되었다.

현재 5억7천만 달러의 기금이 마련되었고, 이 기금은 소빈뱅크를 통해서 운영되고 투자되어 수익을 늘리고 있었다.

"이곳에 묻히는 인물들이 더는 늘어나면 안 됩니다."

묵념을 끝낸 나는 다짐하듯 말했다.

코사크와 경호원들의 헌신적인 희생으로 인해 나와 룩오일NY는 숱한 어려움과 위기를 극복했다.

이로 인해 러시아에서는 더 이상 나에게 맞설 인물이나 단체가 없었다.

"너무 자책하지 마십시오. 회장님은 늘 이들과 함께 싸우고 위험을 회피하지 않으셨습니다."

김만철 비서실장은 나의 마음을 잘 이해하고 있었다.

한국과 러시아 두 나라 모두 지금보다 정의롭고 행복한 나라로 만들기 위해 싸우고 있다는 사실을 말이다.

나 혼자 잘 먹고 권력을 누리려고 했다면 이러한 싸움을 할 필요가 없었다.

"제가 하는 일들이 정말 옳은 일인지를 생각할 때가 적지 않습니다. 저들의 희생을 이용하는 것이 아닌가 하는 생각을 말입니다."

태백산에서 흑천의 본거지를 소탕할 때도 많은 희생이 따랐다.

세계를 주무르고 있는 거대한 웨스트와 이스트를 상대해

야 하는 지금, 앞으로 얼마나 많은 희생자들이 생겨날까 하는 두려움도 뒤따랐다.

"저들은 회장님을 지키기 위해 물러서지도 후회하지도 않았습니다. 그뿐만 아니라 자신들이 하는 일이 옳은 일이라는 것을 잘 알고 있었습니다. 회장님이 계셨기 때문에 웨스트와 이스트에 의해서 러시아가 약탈당하지 않았습니다."

루슬란 비서실장 또한 나를 위로하듯이 말했다.

내가 없었다면 이미 러시아는 두 세력에게 산산조각이 났으리라는 것을, 루슬란을 비롯한 룩오일NY 핵심 관계자들은 잘 알고 있었다.

'두 나라의 사람들을 노예로 삼으려고 하니… 개방을 시작한 북한을 지키기 위해서도 계속해서 싸워야겠지.'

"우린 반드시 승리해 저들의 희생을 헛되게 해서는 안 됩니다."

"물론입니다. 회장님은 반드시 승리하실 것입니다."

"저흰 끝까지 회장님과 함께 싸울 것입니다."

김만철 경호실장과 루슬란 비서실장은 내 말에 강한 믿음을 보여주었다.

추모 행사가 끝나자 나는 유가족들을 하나하나 위로하며 진심으로 미안함과 감사함을 표했다.

유가족들도 나의 진심을 받아들였고 코사크와 경호실에 근무했던 아들과 남편을 자랑스러워했다.

$$* \qquad * \qquad *$$

CIA의 테닛 국장은 도널드 그레그 동유럽 현장 책임자를 데리고 모스크바를 떠났다.

도널드 그레그가 석방의 대가로 CIA의 비밀 자금 10억5천만 달러를 넘겼다는 사실을 테닛 국장은 모르고 있었다.

그레그는 절대로 자신의 입으로 이 사실을 공개하지 않을 것이다.

두 사람이 떠나기 전날, CIA의 비밀 자금 17억 달러는 고스란히 소빈뱅크로 넘어왔다.

그중 3억 달러는 코사크의 미국 진출을 위해 사용할 것이다.

나머지 15억 달러 중 5억 달러는 러시아 국채를 매입하는 비용으로, 5억 달러는 코사크에 투자되어 무기 구매와 전투력 강화에 쓰인다.

테닛 국장과의 협상 중에는 미국 무기 구매에 대한 것도 협의가 이뤄졌다. 코사크는 러시아 무기만을 이용하지 않았다.

나머지 5억 달러는 경제 위기를 겪고 있는 러시아 기업 인수에 투자될 것이다.

"테닛이 밝은 표정으로 모스크바를 떠났습니다."

테닛 국장을 환송하고 돌아온 루슬란 비서실장이 말했다. 테닛의 러시아 방문은 비공식적인 방문이었다.

"테닛은 자신이 모스크바에서 많은 것을 얻었다고 생각하니까."

CIA 동유럽 정보망 구축의 대가는 코사크의 서유럽 진출에 미국이 협조하는 것이었다.

웨스트와 이스트를 상대로 싸우기 위해서는 경제 전쟁과 함께 코사크의 확장이 필요했다.

이미 코사크는 동유럽으로 활동 무대를 넓혔고 다음 달 내로 미국에 진출할 예정이다.

테닛이 말한 것처럼 정보센터의 요원들은 미국에 진출할 수 없었지만, 미국에 본격적으로 진출하고 있는 러시아 마피아와 현지 러시아 외교관들 모두가 코사크의 정보원이었다.

이미 코사크 정보센터 요원들의 상당수도 소빈뱅크와 룩오일NY Inc 직원으로 위장되어 미국에 파견된 상태다.

이뿐만 아니라 국제적인 광물회사인 닉스코아에도 상당

수의 정보 요원들이 근무하고 있었다.

단지 무장 세력인 코사크 타격대를 미국에 보낼 수 없었을 뿐이었다.

"CIA의 내부 분열이 저희에게는 좋은 기회가 된 것 같습니다."

자리에 함께한 코사크 대표 보리스의 말이었다.

보리스 대표는 날 마음속 깊이 존경하고 따랐다. 나의 말이라면 지옥의 불구덩이라도 들어갈 인물 중 하나였다.

"CIA의 분열이 없었다면 미국과 서유럽 진출은 어려웠겠지. 구르카 마을의 주민들은 어떻게 되었나?"

에임스 부국장에게서 입수한 정보를 바탕으로 구르카 용병부대가 왜 나를 공격했는지 이유를 알게 되었다.

마을 주민들을 구하기 위해 지원 부대로 런던에 도착한 코사크 타격대 다섯 팀 중 세 개 팀을 네팔로 급파했다.

"마을 주민 중 부상자는 있었지만, 사망자 없이 작전은 순조롭게 끝났습니다. 마을 주민을 위협하던 재규어는 모두 사살했습니다."

마을 주민들을 위협했던 재규어 부대원은 14명뿐이었다.

재규어는 작전에 투입된 82명의 코사크 타격대의 공격을 막아낼 수 없었다.

"재규어 부대원 중 내가 이야기했던 인물은 있었나?"

"회장님께서 말씀해 주신 모습을 보인 인물은 없었습니다."

닉스메리어트호텔에서 벌어졌던 전투에서 본 재규어 부대원 중 상식에 벗어나는 행동을 하는 인물들이 있었다.

총을 맞아도 고통을 전혀 느끼지 못하는 모습이었고, 총상 후 움직임 또한 정상적이지 않았다.

더구나 에임스가 건네준 마이크로필름을 통해 CIA 산하 연구팀에서 다양한 인간 개조 실험이 이루어진다는 것을 알게 되었다.

물론 과거 구소련의 KGB에서도 병사들의 전투력 강화를 위해 다양한 실험들이 이루어졌지만, 구소련이 무너지고 KGB의 힘이 약화되면서 각종 실험은 중단되고 폐기되었다.

"음, 재규어 부대원 모두가 그렇지 않다면 내가 보았던 두 병사의 모습은 약물을 이용한 것일 수도 있겠군."

어쩌면 몸이 갑작스럽게 폭발했던 것도 약물의 부작용이나 과도한 신체 변화를 일으키는 무언가에 의해서였다는 생각이 들었다.

정확한 것은 폭발한 시체를 분석하는 것이었지만 현장에서 시체를 회수할 정도의 여유가 없었다.

더욱이 호텔 내로 진입한 SAS가 8층 이상으로 올라가는 것을 막았다.

영화와 소설 속 이야기에서 나올 뻔한 일들이 자행되고 있었다.

"회장님 말씀을 듣고 보니 호텔 복도에서 일회용 주사기를 본 것 같습니다."

김만철 경호실장의 말이었다.

나와 함께 완강기를 이용해 6층으로 내려온 후 재규어와 구르카 용병부대를 습격했다.

"주사기라… 풀리지 않던 퍼즐이 조금은 맞춰지는 느낌인데요. 만약 주사제를 이용한 약물 투입으로 부상의 고통을 줄이고 심한 상처를 치료할 수 있다면, 이것처럼 전장에서 요긴한 것은 없겠습니다."

김만철의 말이 사실이라면 주사제를 이용한 약물 투여 가능성이 컸다.

총상을 입은 상황에서 보여준 놀라운 움직임은 물론이고 상처가 급속히 아무는 듯한 모습까지 보였었다.

"전장에서 부상자들에게 모르핀이 사용되고는 있지만, 모르핀의 효과와는 전혀 다른 모습이었습니다. 더구나 모르핀은 부상을 치료하는 약품이 아니니까요."

모르핀(Morphine)은 아편의 주요 성분인 알칼로이드이며 마약성 진통 의약품이다.

중추신경계에서 통증 자극을 전달하는 신경전달물질의 분비를 억제하여 진통 효과를 나타낸다.

문제는 진통 작용 외에 구토를 일으키고, 호흡을 관장하는 중추신경까지 영향을 받는 부작용이 발생하여 호흡 곤란으로 사망할 수 있었다.

"음, 그렇겠죠. 모르핀은 마약 성분이라 고통을 줄일 뿐, 신체의 변화를 오히려 악화시키는 역할을 하니까요. 우리가 다시 이러한 인물들을 만난다면 문제가 심각해질 수 있습니다. 재규어에 대한 전반적인 조사를 진행하십시오. 그리고 에임스가 우리에게 말하지 않은 것이 무엇인지도 빨리 파악해야 합니다."

만약 내가 생각하는 대로 재규어 부대원이 보여준 신체 변화가 약물을 투입으로 이루어진 것이라면 심각한 일이었다.

투입하는 약물의 부작용을 줄이고 더욱 강력해진다면 코사크는 큰 피해를 볼 수도 있었다.

웨스트와 이스트 세력권에 있는 나라들의 특수부대는 물론, 자체적인 전투부대가 있다는 사실을 에임스 부국장을 통해 알게 되었다.

재규어 부대 또한 이러한 부대 중 하나였다.

코사크와 비슷한 전투력에다 총알마저 통하지 않는 괴물

들을 전장에서 만난다면 그 누구라도 공포에 사로잡힐 수밖에 없었다.

어쩌면 런던에서 웨스트가 숨겨두었던 비밀 무기를 만났는지도 모른다.

Chapter 9

　러시아의 경제는 한국을 비롯한 동남아시아와 같은 길을 걷고 있었다.

　시간을 끌기 위해서 소빈뱅크의 지원으로 러시아 정부는 20억 달러의 채권을 국내외에서 성공적으로 발행했다.

　이에 따라 러시아 정부는 이날 만기가 돌아오는 12억 달러의 부채를 갚을 수 있게 되었다.

　이 금액 중 7억 달러는 소빈뱅크에게 지급해야 하는 금액이다.

　더불어서 루블화의 평가절하 압력으로 작용해 오던 극심

한 현금 부족 위기를 잠시 모면했다.

6월 들어서 외형적으로는 러시아의 경제가 차차 회복세를 보였다.

한편으로 룩오일NY가 5억 달러를 러시아 채권에 투자했다는 소식에, 지난달 40%나 폭락했던 러시아 종합지가지수가 6월 2일 13% 반등한 것에 이어 3일에도 9% 올라 이틀 연속 상승세를 이어갔다.

루블화도 지난달 말 한때 달러당 6.25루블까지 떨어졌으나 3일에는 소폭 회복세로 돌아서 6.13루블에서 장을 마쳤다.

현재 이자 지급분을 합한 러시아 정부가 안고 있는 대내 부채는 310억 루블(61억 달러)을 넘어서고 있었다.

러시아의 외채는 작년보다 15억 달러가 줄기는 했지만, 여전히 1,235억 달러에 달했다.

더구나 수백만 명의 공무원, 군인, 교사와 일반 노동자들이 보통 2년 치의 임금을 받지 못하고 있었다.

시간이 갈수록 체불 임금이 계속 증가해 현재 628억 루블(103억 달러)에 이르렀다.

노령자와 퇴직자들의 연금 지급도 수개월씩 지연되고 있어 국민의 불만이 폭발 직전에 있었다.

러시아 정부는 이번 달에 39억5천만 달러의 채권을 발행할 예정이며 올해까지 330억 달러의 채권을 발행할 계획이다.

"음, 체불 임금이 문제가 되겠군."

러시아의 경제 관련 주요 자료들이 정확하게 보고되었다.

"예, 경제가 그나마 좋은 시기에 기업들이 체질 개선이 아닌 돈놀이와 자원을 팔아 쉽게 돈을 벌려고 했습니다. 다른 나라에 비해 저임금의 상황임에도 불구하고 체불 임금이 100억 달러를 넘어선다는 것은 그만큼 기업들이 허약한 구조를 안고 있는 것이라고 볼 수 있습니다."

"그만큼 말을 해주어도 바뀌질 않으니. 가스프롬의 인수는 어떻게 진행되고 있지?"

러시아의 기업 중 룩오일NY Inc 외에 그나마 낫다고 할 수 있는 에너지 기업이 가스프롬이었다.

유럽으로 들어가는 드루쥐바(우정) 파이프라인 지분을 가스프롬으로부터 일찌감치 사들였다.

두루쥐바 파이프라인은 구소련 시절인 1964년 만들어진 것으로, 세계에서 가장 긴 총연장 4,000㎞의 송유관이다.

시베리아와 우랄산맥 일대, 카스피해 유전에서 나오는 석유는 남부 사마라라는 곳에 모인 뒤 거기서 시작되는 드루쥐바 라인을 통해 서쪽으로 이동해 동유럽으로 흘러간다.

이 송유관은 모스크바 남동쪽 클린을 거쳐 벨라루스를 지나면서 두 갈래로 갈라진다.

남드루쥐바 라인은 크로아티아, 헝가리, 슬로바키아, 체코로 향하고 북드루쥐바 라인은 폴란드를 지나 독일로 향한다.

이 송유관은 과거 구소련이 동유럽 공산권 국가들에 에너지를 공급해 주는 생명줄이었다.

가스프롬은 카스피해에서 흑해 노보로시스크로 이어지는 1,510㎞ 카스피 송유관 컨소시엄(CPC)과 체첸공화국 내의 유정 및 원유 시설도 룩오일NY Inc에 넘겼다.

CPC 파이프라인은 아직 공사가 진행되고 있었다.

"가스프롬이 소유한 시베리아와 볼가강 유역의 가스 매장지에 대한 권리를 먼저 받기로 했습니다. 우랄산맥에 있는 가스 매장지는 9월까지 인수를 끝낼 예정입니다."

인수주체인 룩오일NY Inc의 니콜라이 대표의 보고였다.

대규모 천연가스 매장지들은 시베리아, 볼가강 유역, 그리고 우랄산맥에 집중되어 있다.

이들 천연가스 매장지들은 구소련 시절인 1970년대부터 발견되기 시작했다.

앞으로 천연가스 부문에서 있어서 유럽 국가들은 러시아에 전적으로 의존하게 된다.

천연가스 소비량 중 러시아산이 차지하는 비율을 보면 보스니아, 에스토니아, 핀란드, 라트비아, 리투아니아, 몰도바, 슬로바키아가 100%를 러시아에서 들여온다.

또한 불가리아가 97%, 헝가리 89%, 폴란드 87%, 체코 76%, 터키 67%, 오스트리아 65%, 루마니아 41%, 독일 37%, 이탈리아 28%, 프랑스 26% 등 유럽 전역이 러시아산 가스에 매여 있다.

유럽연합 전체로 본다면 25%가량 이상을 러시아에서 들여온다.

천연가스를 러시아에 의존할 수밖에 없는 이유는 천연가스 매장량이 러시아, 이란, 카타르 등 일부 지역에 편중되어 있기 때문이었다.

유럽 국가들이 수입처를 다변화하려 해도 현실적으로 쉽지가 않았다.

룩오일NY Inc가 가스프롬이 소유한 천연가스 매장지에 지불한 인수 금액은 20억 달러에 불과했다.

"불필요한 인력들에 대한 정리도 곧바로 진행할 수 있게 준비해. 주인의식이 전혀 없이 정부 관리들의 지갑 역할을 해온 결과가 위기 때 어떤 결과로 나타나는지를 가스프롬을 보고 느껴야만 해."

1993년 보리스 옐친 정부는 국영기업들의 민영화를 시작했고, 가스프롬도 이때 민영화되었다.

작년 말부터 옐친 정부는 가스프롬에서 막대한 돈을 뜯어냈다.

세금 담당 검찰이 멋대로 회사 자산을 동결시키면 돈을 내고 되찾아와야 하는 어이없는 상황이 반복되었다.

더구나 크렘린으로 흘러들어 간 자금 중 일부가 제2의 쿠데타를 일으켰던 세력에게 유용되었다.

이러한 결과는 가스프롬의 부실을 더욱 크게 발생시켰고 룩오일NY Inc와 비교해 경쟁력을 낮아지게 만들었다.

가스프롬의 인수를 결정한 이유 또한 러시아 정부와 정치권으로 막대한 자금이 흘러들어 가지 못하게 하기 위해서였다.

"예, 정부와 연관되었던 인물들과 저희 쪽 업무와 중복되는 직원들 모두 퇴사 처리가 될 것입니다."

가스프롬의 경영진은 옐친 대통령의 측근들로 구성돼 있었다.

문제는 옐친 대통령뿐만 아니라 가스프롬의 경영진도 회삿돈을 자기 주머니의 쌈짓돈처럼 쓸 뿐만 아니라 상당한 금액과 회사 자산을 횡령했다.

"러시아가 바뀌려면 정치인은 물론이고 기업을 운영하는 기업인들의 사고와 의식도 바뀌어야만 해. 그렇지 않으면 웨스트와 이스트에게 러시아는 고스란히 잡아먹힐 수밖에 없어."

룩오일NY로는 러시아의 모든 문제를 해결하고 경제 위기를 극복할 수 없었다.

그것은 닉스홀딩스가 있는 한국도 마찬가지였다.

닉스홀딩스는 앞으로 룩오일NY 협력해 북한도 이끌어가야만 했다.

"맞는 말씀입니다. 키리엔코 연방총리에 의해서 비리와 연관된 경제 관료들이 대거 바뀔 예정입니다. 옐친 대통령 또한 키리엔코 총리에게 힘을 실어주기 위해서 정부 관료들에게 일괄 사표를 제출하도록 지시했습니다."

푸틴과 바이노가 일으켰던 크렘린 쿠데타 이후 옐친 대통령은 치료에 전념했고 키리엔코 연방총리가 주도적으로 국정을 운영해 오고 있었다.

문제는 옐친 대통령이 임명한 핵심 측근들과 관리 중 일부가 키리엔코의 지시를 제대로 이행하지 않았다.

"옐친 대통령의 욕심 또한 과했어. 권력에 대한 집착이 부른 폐단이기도 하겠지만 말이야."

소빈메디컬에서 집중 치료를 받은 후 몸이 회복되자 옐친 대통령은 다시금 권력욕이 꿈틀거렸다.

이전에 약속했던 개각과 함께 키리옌코 연방총리에게 넘겨주기로 했던 권한을 차일피일 미루었다.

그러자 즉각적으로 결정해야 하는 경제 정책들과 대응이 늦어졌고 러시아의 경제는 더욱 수렁으로 빠져들었다.

난 룩오일NY와 소빈뱅크에 요청한 러시아 정부의 국채 매입을 거절하면서 압력을 가했고, 결국 옐친 대통령은 백기를 들고서 약속대로 물러나기로 했다.

"옐친 대통령의 사퇴는 이달 말에 발표할 예정입니다."

원래대로라면 1999년 12월 31일에 블라디미르 푸틴을 대통령 권한대행으로 지명하고 대통령 권한을 물려주었다.

하지만 지금 푸틴은 반신불수가 되어 국가가 운영하는 요양병원에 누워 있었고 폐렴으로 위독한 상태였다.

"음, 혼란은 가중되겠지만 8월까지는 버틸 수 있어야 해. 키리옌코가 국민의 전폭적인 지지를 받을 수 있게 국채매입과 언론을 움직일 수 있도록 준비하게. 도시락에도 협조를 구해서 식량과 생필품 공급을 더욱 확대할 수 있게끔……."

룩오일NY는 일간지 코메르산트를 추가로 인수해 언론에 대한 영향력을 확대했다.

키리엔코가 옐친 대통령으로부터 정권을 물려받은 후 경제가 달라지는 모습을 보여주어야 했지만, 8월 말까지 러시아는 혼란이 지속되어야만 한다.

그래야 적들을 속일 수 있고 그 누구도 예상치 못한 모라토리엄을 끌어낼 수 있다.

*　　　*　　　*

러시아의 경제가 악화 일로를 걷자 수많은 러시아인들이 생계를 위해 마피아의 보호 아래 부업 전선에 나서고 있었다.

이러한 지하경제의 번성은 탈세로 이어지고 다시금 정부의 세입 축소와 함께 국가재정이 부실해져 임금과 연금 지급을 하지 못하는 악순환으로 이어졌다.

소빈뱅크에서 러시아 정부를 대신해 기업들에게서 걷어들이는 세금은 투명하게 진행되고 있었지만, 그 숫자가 1만 개 기업에 불과했다.

2단계로 진행 예정인 세금 개혁은 8월 이후로 미루어졌다.

지금은 눈으로 보이는 전형적인 러시아의 문제들이 외부로 돌출되어야만 했다.

"시민들의 주머니 사정 때문인지 도시락 라면의 매출이 크게 늘었습니다."

도시락마트 폴리얀카 지점의 점장인 조브닌의 설명이었다.

모스크바에 자리 잡은 도시락마트들을 방문했다.

"라면의 공급은 문제없습니까?"

"한국 공장과 모스크바 생산 공장을 3교대로 풀로 돌리고 있습니다만 갑작스럽게 늘어난 수요에 공급이 부족한 실정입니다. 한국에서 들어오는 수량은 다른 지역과 도시에 공급되고 있습니다."

러시아를 방문 중인 도시락 송도영 대표의 말이었다. 송대표는 상트페테르부르크에 도시락 제2공장을 세우기 위해 러시아를 방문했다.

작년 초 모스크바 공장을 증설했지만, 도시락 라면의 판매가 올해 들어 3배 이상으로 폭증했다.

올 판매 예상 수치를 훨씬 뛰어넘는 상황이라 도시락은 당황스러워했다.

"상트페테르부르크 공장을 빨리 완공시켜야겠습니다. 러시아 서민들의 경제 사정이 좋지 않은 상황이라 생존을 위해서도 라면을 더욱 찾을 것입니다."

어느 순간 러시아 국민의 간식에서 주식으로 되어버린 도시락라면은 러시아뿐만 아니라 독립국가연합과 동유럽으로도 많은 양이 수출되고 있었다.

"예, 서둘러서 완공시키겠습니다."

"그리고 국내에 공급하는 수량을 좀 줄이더라도 러시아에 먼저 공급하십시오."

도시락은 이제 러시아에서만 인기 있는 라면이 아니었다.

새로운 제품을 개발하는 데 있어 개발비를 아낌없이 투자했고, 한국인의 입맛을 사로잡을 만한 제품을 연달아 출시했다.

다른 경쟁사처럼 새로운 신제품을 출시한다고 해서 제품 가격을 올리지도 않았다.

"예, 곧바로 조치하겠습니다."

"서민들에게 부담이 가지 않는 가격의 식료품들을 공급할 방법을 찾아보십시오. 더불어서 지금 판매되고 있는 식료품들도 몇 달간 한시적으로 가격을 낮출 방법도 연구해보시고요. 물류비를 줄이든, 도시락마트의 이익률을 낮추든 간에 말입니다."

먹고사는 문제로 인해 시민들이 들고일어나면 러시아의 경제를 새롭게 재건하는 데 있어서도 문제가 될 수 있었다.

적의 눈을 속이기는 해야 하지만 그렇다고 고통을 당하는 서민들을 나 몰라라 할 수는 없었다.

러시아 정부가 할 수 없는 일들을 나와 룩오일NY가 하고 있었다.

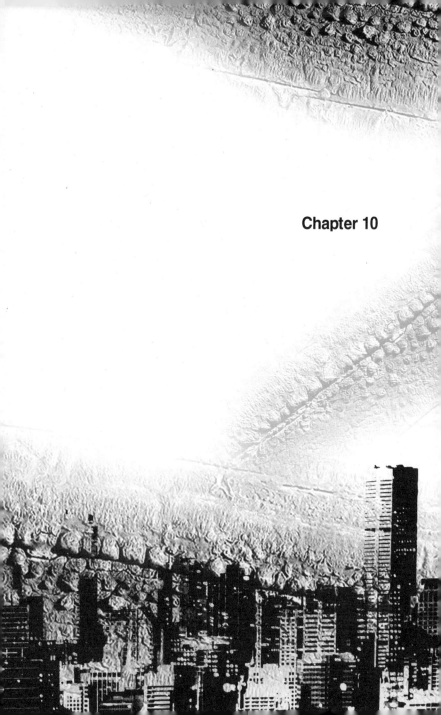

Chapter 10

　러시아 마피아 3대 조직인 말르노프 샤샤와 라리오노프의 게오르기, 그리고 캅카스의 마트베이를 불러들였다.

　러시아의 경제가 어려워진 상황에서 정부와 기업들의 임금 체불로 고통을 당하는 많은 사람들이 마피아와 연관된 일에 발을 들여놓았다.

　당장 식료품을 살 돈도 없는 사람들이 마피아의 심부름꾼으로 전락하고 있었다.

　이러한 현상으로 인해 러시아 마피아는 각 도시에서 더욱 세력을 확장했다.

"런던에서 벌어진 일을 들었습니다. 정말 무사하셔서 다행입니다."

나름 유럽에 정보망을 갖춘 샤샤의 말이었다.

"내가 무사하길 진정 바란 건가?"

"물론입니다. 제가 말르노프를 이끌고는 있지만, 회장님의 도움을 받지 못했다면 저를 노리는 정적들에게 일찌감치 목숨을 잃었을 것입니다."

샤샤의 말은 틀린 이야기가 아니었다.

이탈리아 마피아와 전쟁을 벌이고 있는 샤샤는 여러 번 목숨의 위기를 넘겼다.

그의 뒤를 봐주고 있는 코사크 덕분이었다.

"이탈리아 마피아들과의 싸움은 잘 진행되고 있나?"

"예, 그리스와 알바니아에서 놈들을 완전히 쫓아냈습니다."

이탈리아 마피아의 주 무대 중 하나가 아드리아해를 사이에 둔 알바니아와 그리스였다.

말르노프 조직은 불가리아와 마케도니아에 진출했던 이탈리아 마피아 4대 조직 중 하나인 카모라를 몰아냈다.

알바니아에서도 카모라와 사크라 코로나 우니타의 해외 조직망을 붕괴시켰다.

그리스는 이탈리아의 은드란게타 조직이 활발하게 진출해 마약과 담배 밀수, 그리고 무기 판매까지 손을 뻗쳤다.

그러나 그리스에서 끈질기게 저항했던 은드란게타도 말르노프에게 밀려나고 말았다.

"이번에는 이탈리아 반도를 공격할 것인가?"

"처음 계획과 달리 터키까지 손에 넣은 후에 움직일 예정입니다."

터키는 이탈리아에서 가장 오래된 마피아 조직인 코사 노스트라가 활동하고 있었다.

코사 노스트라는 아프가니스탄과 이란에서 재배된 아편을 들여와 유럽에 공급했다.

아프가니스탄의 남부 및 서부 대부분의 농촌 지역에서 재배되는 양귀비를 통해 아편을 얻었고, 아편은 헤로인의 원료였다.

그 이동 루트에 있는 것이 터키와 그리스였다.

만약 터키마저 러시아의 말르노프에게 빼앗긴다면 이탈리아 마피아는 심각한 타격을 받을 것이다.

"이탈리아 마피아의 자금을 끊겠다는 전략인가?"

"예, 외부의 자금 공급원을 막아 이탈리아 놈들의 유대 관계를 끊고 내부 혼란을 일으킬 계획입니다."

이미 말르노프는 이탈리아 반도로 들어가는 담배와 술

밀수를 막았다.

여기에 매춘과 연관된 공급망을 막았고, 현재는 마약의 루트를 봉쇄하려는 계획을 진행 중이다.

말르노프의 샤샤는 치밀하게 움직이고 있었다.

이러한 움직임에 폴리아 지역을 장악하고 있는 사크라 코로나 우니타가 말르노프에게 은밀히 손을 내밀려고 했다.

사크라 코로나 우니타는 그리스를 잃어버린 채 이탈리아 반도에 갇히자 국내의 사업으로는 조직원들을 이끌어갈 수가 없었다.

강력한 유대 관계로 말르노프에게 공동으로 대응하자던 이탈리아 마피아들의 취지가 무색하게 된 것이다.

"머리를 쓸 줄 아는군."

"감사합니다. 회장님이 도움이 없다면 가능하지 못한 일입니다."

코사크의 정보센터가 은밀히 샤샤에게 중요한 정보를 전달해 주었다.

이러한 정보를 토대로 말르노프는 알바니아와 그리스에서 이탈리아 마피아에게 승리할 수 있었다.

"올해 안으로 이탈리아를 손에 넣게."

"예, 이탈리아 반도를 회장님께 선물해 드리겠습니다."

내 말에 샤샤는 자신감 넘치는 말로 답했다.

샤샤와의 말이 끝난 후 라리오노프의 게오르기와 캅카스의 마트베이를 불렀다.

라리오노프의 게오르기는 현재 폴란드를 거쳐 체코와 슬로바키아, 헝가리에 확고하게 자리를 잡았다.

게오르기는 다시금 서쪽으로 방향을 잡아 독일과 벨기에, 네덜란드, 프랑스로 세력을 확대하고 있었다.

말르노프가 남부 유럽과 중동으로 세력을 뻗치고 있다면 캅카스는 일본과 홍콩, 그리고 미국 진출에 힘을 쏟고 있었다.

러시아 3대 마피아는 나의 명령으로 국내보다 해외로 일찌감치 눈을 돌렸다.

러시아 마피아 3대 조직을 이끄는 세 명에게 러시아 내 군소 마피아들의 활동을 자제시키라는 지시를 내리고는 키리옌코 러시아 연방총리를 만나기 위해 모스크바닉스호텔로 향했다.

호텔로 이동하는 도중에 바라본 모스크바 거리는 활기를 잃어가고 있었다.

거리는 걷는 사람들은 희망이 사라진 것처럼 대다수가 어두운 표정들이었고, 이른 시간부터 보드카에 취해 거리에 누워 있는 사람도 적지 않았다.

식료품 상점들이 있는 곳마다 장바구니를 든 줄이 길게 서 있었다.

닉스마트에도 이른 아침부터 줄이 길게 늘어섰고 오후가 되면 대부분 식료품이 동났다.

물가 폭등을 염려한 시민들은 돈이 생기면 무조건 식료품을 구매하고 있었기 때문이다.

언론에서는 아시아의 경제 위기에서도 러시아가 성장하고 있다는 말을 했지만, 시민들은 경제 불황에 대비하고 있었다.

이미 구소련의 몰락 이후 물가가 감당할 수 없을 정도로 폭등한 경험을 했기 때문이다.

"회장님의 도움에 깊이 감사드립니다. 이제야 본격적으로 움직일 수 있게 되었습니다."

키리엔코 총리는 나를 보자마자 고개를 숙이며 말했다.

옐친 대통령의 퇴진이 기정사실로 받아들여지고 있는 지금, 대통령 권한대행이 될 키리엔코 총리가 향후 있을 대통령 선거에서도 당선 가능성이 가장 큰 인물이었다.

그러나 나의 도움 없이는 러시아 대통령에 오를 수가 없었다.

"어려운 시기입니다. 작은 일 하나에도 세심한 준비와 검토가 필요합니다."

"예, 말씀대로 쉬운 일은 단 하나도 없어 보입니다. 환율이 잠시 안정세를 보이고는 있지만 연일 외국인들이 주식과 채권을 팔고서는 달러를 빼가고 있습니다. 금리를 높여 일시적으로 자금을 붙잡아두고는 있지만……."

미국과 유럽계 은행, 그리고 환투기 세력들이 돌아가면서 러시아를 공격하고 있었다.

가차 없이 공격을 가하는 국제금융 세력에게 러시아는 마땅한 방어책이 없어 보였다.

"더 큰 도약을 위해 지금은 모든 걸 참고 견뎌내야 합니다."

"후! 정말이지 회장님의 말씀대로 이루어진다면 걱정이 없겠습니다."

불안한 표정의 키리엔코 총리는 한숨을 쉬며 말했다. 난 그에게 대략적인 계획을 말해주었다.

지금 당장에라도 키리엔코가 대통령 권한대행이 될 수 있었지만, 러시아의 모라토리엄 사태에 책임을 물어 옐친을 물러나게 할 예정이었다.

옐친이 권력에 대한 욕심을 드러내지 않았다면 난 그를 명예롭게 퇴진할 수 있도록 했을 것이다.

러시아 국민의 분노와 불만의 화살을 옐친이 어느 정도는 가지고 가야만 했다.

"적들을 더 깊은 수렁에 빠져들게 해야 합니다. 러시아의 겨울에 빠져 허우적거렸던 나폴레옹과 히틀러의 군대처럼 말입니다. 놈들을 속이기 위해서도 8월 중순까지 이 나라는 보드카에 취한 것처럼 비틀거려야 합니다."

"두 달 동안의 시간을 어떻게 버텨야 할지가 걱정입니다. 이 사실을 알고 있는 사람이 저뿐이라 각료들이 지금의 어려운 경제 상황에 흔들리고 있습니다."

키리엔코 총리 또한 구체적인 계획을 모두 알지는 못했다.

룩오일NY와 소빈뱅크의 핵심 관계자 몇몇 외에는 모라토리엄 사태에 대한 전반적인 계획을 모르고 있었다.

"룩오일NY와 소빈뱅크에서 적절하게 도움을 드릴 것입니다. 러시아의 모든 문제를 한꺼번에 처리하기 위해서는 어떻게든지 8월까지 현 상태를 유지해야 합니다. 그래야만 총리께서도 건실한 러시아의 대통령에 오를 수가 있습니다."

내 말에 키리엔코 총리의 눈빛이 달라졌다.

그 또한 망가진 경제와 문제투성이인 러시아를 물려받고 싶어 하지는 않았다.

이대로 대책 없이 러시아가 흘러간다면 자칫 시민들의 폭동과 함께 지방정부들이 연방을 해체하자는 요구까지 할 수도 있었다.

그만큼 러시아의 경제가 큰 어려움에 빠져 있었다.

룩오일NY와 소빈뱅크가 적절하게 러시아 경제에 영양을 공급해 주지 않았다면 러시아는 지금까지 버티지 못하고 쓰러졌을 것이다.

＊　　　＊　　　＊

한라그룹의 정태술 회장은 얼음이 다 녹아버린 양주잔을 들어 올렸다.

흐트러진 머리카락과 부쩍 빠져 버린 머리 때문에 5년은 더 늙어버렸다.

이제는 그룹이라고 할 수 없을 정도로 회사가 쪼그라들었다.

30여 개에 달하던 계열사들은 이제 다섯 개로 줄어들었고, 이들 회사도 오늘내일할 정도로 자금 위기에 몰려 있었다.

정태술 회장은 복잡한 머리를 식히기 위해 가평에 있는 별장으로 내려와 있었다.

"뭐가 잘못된 걸까?"

창밖으로 잘 정돈된 잔디를 바라보고 있는 정태술은 중얼거리듯 말했다.

아무리 생각을 해봐도 이런 식으로 회사가 무너질 줄은 몰랐다.

한국의 10대 그룹에 당당히 속해 있던 한라그룹이 1~2년 사이에 이렇게나 처참한 몰골로 쪼그라들 줄 누구도 예측하지 못한 일이었다.

가진 것이 넘쳐날 때는 누구라 할 것 없이 고개를 조아리며 자신을 받들었다.

정태술에게 간 쓸개를 다 빼줄 것처럼 꼬랑지를 흔들던 경영진들도 한라그룹이 기울어지자 기다렸다는 듯이 회사를 빠져나갔다.

마치 침몰하는 배에서 제일 먼저 사라진다는 쥐처럼 말이다.

"그 많던 놈들도 제 살길을 찾아서 가버리고… 딸년들도 아비에게 등을 돌려 버렸으니. 후! 내 인생이 어쩌다가 이렇게 되었는지… 임자가 살아 있다라면 이렇지는 않았을 것인데."

또르르!

한탄과 함께 정태술의 두 눈에서 회한의 눈물이 떨어져 내렸다.

검버섯에다가 주름 접힌 얼굴임에도 애교를 부리며 달려들던 여배우 이지은은 회사가 본격적으로 어려워진 날부터 전화를 받지 않았다.

정태술의 두 딸은 자신의 남편이 사장으로 있는 회사를 가져오기 위해 아버지에게 소송을 걸었다.

더구나 큰딸의 사위는 배임과 횡령으로 구속된 상황이었다.

여기에 하나밖에 없는 아들인 정문호마저 반신불수가 되어 병원에 누워 있었고, 스트레스성 외상에 따른 정신적인 충격으로 정신분열까지 생겼다.

한마디로 살아 있는 송장이었다.

"흐흑흑! 내가 나쁜 놈이지……."

정문호의 어머니이자 자신의 전 부인이 병으로 사경을 헤맬 때도 일을 핑계로 병원을 찾지 않았다.

그는 로비를 위해 정부 관계자와 술집에서 여자를 끼고 실컷 술을 마시고 있었다.

결국, 부인의 임종을 지킨 것은 아들인 정문호였고, 그때부터 정문호는 정태술이 원하는 길에서 어긋나기 시작했다.

"으흐흑! 모든 게 나 때문이야. 내가 저지른 일 때문에 벌을 받는……."

회한의 눈물이 터지자 지금껏 눈물이라는 것을 모르고 살던 정태술의 눈에서는 끊임없이 눈물이 흘러내렸다.

그는 살아오는 동안 사업을 일으킨다는 핑계로 각종 편법과 불법적인 일을 밥 먹듯 저지르며 많은 사람들에게 고통을 주었다.

가진 자의 우위에 서서 없는 자들에게 왕처럼 군림하며 인격을 무시하는 것은 물론이고 자존심이 존재하지 않는 동물처럼 사람들을 부렸다.

그 때문인지 지금 그의 곁에 남아 있는 인물들이 없었다.

정태술의 손발이 되어주었던 김웅석 비서실장을 비롯하여 각 계열사의 사장들이 정태술의 손을 뿌리치며 회사를 떠났다.

마치 그가 해왔던 일을 고스란히 답습하듯이 말이다.

"흑흑! 이렇게 될… 허— 억!"

격정에 휩싸여 울던 정태술은 갑자기 가슴을 부여잡으며 소파 옆으로 몸이 기울어졌다.

회사가 어려워지자 스트레스로 인해 잠을 제대로 자지 못했고, 매일 술을 마셨던 정태술은 지병인 협심증이 심해졌다.

그는 의사의 권고에도 불구하고 술을 끊지 못했다.

아니, 술이 없으면 하루라도 버틸 힘이 없었다.

"회장님! 회장님!"

그 모습을 발견한 별장 관리인이 정태술에게 다가가 몸을 부축했다.

"커— 억! 나 좀……."

가슴이 답답한 듯 더욱 찡그려진 얼굴을 한 정태술의 고개가 서서히 떨구어지고 있었다.

Chapter 11

재계의 한 축을 담당했던 한라그룹의 정태술 회장이 심장마비로 사망했다는 소식이 TV 방송과 신문사에 일제히 보도되었다.

〈한때 재계 순위 6위까지 거침없이 올라섰던 한라그룹의 정태술 회장이 심장마비로 세상을 떠났습니다. 어려움이 닥친 회사의 일을 직접 챙기며 새로운 사업을 구상하기 위해 가평의 별장으로 내려갔던 정태술 회장은……〉

10대 재벌 총수가 과도한 업무로 인해 사망했다는 소식은 IMF 관리 체제를 맞이한 한국의 현재 모습을 고스란히 드러내는 일이라는 기사가 신문에 실렸다.

상당수의 재벌들이 작년과 올해 무너져 내렸지만, 한라그룹의 정태술 회장처럼 그룹 총수가 과로로 인한 합병증세로 목숨을 잃어버리지는 않았다.

가족 간의 소송전과 아들인 정문호에 대한 불행한 이야기는 언론에서 빠졌다.

정태술이 사망하자 남은 재산을 차지하기 위해 정문호의 누나들이 발 빠르게 움직였다.

정태술이 살아생전 정문호의 몫으로 챙겨두려 했던 청운동의 저택과 가평의 별장까지 정문호의 누나들이 가져가 버렸다.

배다른 동생인 정문호에게 아량을 베풀 누나들이 아니었다.

아버지인 정태술이 사라지자마자 정문호의 병원비는 밀렸고, 병신이 되어 누워 있는 그를 가족 중에서 누구도 책임지지 않으려고 했다.

정문호는 정태술의 장례식이 치러진 3일 후, 치료를 받던 병원에서 국가기관에서 운영하는 장애인 시설로 옮겨졌다.

이젠 그 누구도 정문호를 찾지 않았다.

                    *   *   *

정부는 하루라도 빨리 IMF 관리 체제를 벗어나기 위해 노력 중이었다.

그 목적으로 통상교섭본부를 만들어 200대 중점 유치 기업을 선정, 국내에 투자 유치를 하기 위해 노력 중이었다.

여기에 포천지 선정 500대 기업 중 186개 제조업 기업 가운데 한국에 진출하지 않은 제조 업체 93개를 대상으로 집중적인 유치 교섭 작업에 들어갔다.

한국은 물론이고 동남아시아와 중국도 해외 기업을 유치하기 위해 안간힘을 쓰고 있었다.

그도 그럴 것이 지난해 중반부터 외환 위기로 인한 구조 조정이 본격화하면서 한국, 중국, 인도, 말레이시아, 태국, 인도네시아 등 거의 모든 아시아 국가에서 대량 실업 사태가 발생했다.

현재까지 강제 휴직 등을 포함한 아시아 지역의 실제 실업자는 2억5천만 명으로, 4인 가족을 기준으로 삼으면 10억 명이 실업으로 고통을 받고 있다.

현재 아시아 인구는 40억 명으로 추산하고 있었다.

중국의 공식 실업자는 2천만 명이었지만 실제 농업을 포함한 실업자는 1억5천만 명이 넘어서는 것으로 보았다.

1억 명이 넘어서는 농민공들은 농촌에서 도시로 방랑하듯이 직업을 구하기 위해 옮겨 다니고 있었다.

일본은 246만 명, 태국은 210만 명, 필리핀 250만 명, 인도네시아는 올해 6백만 명이 해고되어 1천만 명을 훌쩍 넘어섰고, 35시간 이하 근로자까지 합하면 1,840만 명이 반실업 상태였다.

여기에 한국은 대략 150만 명 이상의 실업자를 두고 있었으며 연말쯤에는 2백만 명에 달할 것으로 추정했다.

이러한 결과, 동남아시아 국가 평균 실업률이 7.7%로 작년보다 3.2% 포인트 높아질 전망이었다.

"아시아는 물론 한국의 실업 문제가 심각해지면서 구매력이 급격하게 저하되고 있습니다. 이로 인해 장기 침체에 있는 일본 경제가 더 큰 타격을 받을 것 같습니다."

모스크바에 도착한 김동진 비서실장의 보고였다.

90년대 초부터 세계 경제의 성장 기관차로 평가된 아시아 시장이 제 기능을 상실한다는 의미였다.

이러한 상황에 장기 침체의 늪에서 좀처럼 빠져나오지 못하는 일본의 경제 위기가 심화된다면 서방 국가들도 연쇄적인 위기에 빠질 수 있는 상황이었다.

"음, 아직 일본이 쓰러지면 안 됩니다. 일본의 위기는 한국의 구조조정을 잘 끝내고 난 후여야 합니다."

미래에는 중국과 일본의 경제가 통일 한국의 발아래 있어야만 한다.

하지만 지금은 한국과 러시아의 경제가 새롭게 탈바꿈하기 위한 도우미 역할을 일본과 중국이 해주어야만 한다.

현재 IMF와 별도로 일본 은행과 일본이 지원하는 아시아 은행 자금이 외환 위기에 빠진 한국과 동남아시아를 지원하고 있었다.

일본이 한국을 도울 수밖에 없는 이유는 한국이 일본의 주요 수출 기지 중 하나였기 때문이다.

"지나친 엔화 약세가 일본 경제의 발목을 잡고 있습니다. 일본은 제2차 석유 위기 이후 처음으로 지난해 마이너스 0.7%의 경제성장률을 기록했습니다. 이는 아시아 경제 위기 여파 때문이며… 여기에 기업들의 부도 증가로 인해 닛케이지수가 1만5천 엔대까지 깨지는 상황에…….."

일본은 96년에 엔화는 달러당 104엔대로 유지되었지만, 지금은 달러당 144엔으로 상승해 엔화 약세가 이어지고 있었다.

여기에 장기 불황과 함께 아시아 경제 위기로 인해 일본의 기업의 도산 업체 수가 지속적으로 늘어나 한 달 평균

1,800업체 가까이 부도가 발생했다. 그러자 2년 전 2만4백 엔대의 닛케이 평균지수도 지금은 1만5천 엔대로 주저앉았 다.

"경제 위기 여파로 한국이나 중국이 일본의 제품을 수입 하지 못하는 것도 일본 기업들에는 힘든 일일 것입니다. 문 제는 엔저가 지속되면 한국의 경제를 지탱하는 반도체, 철 강, 자동차, 가전제품들의 수출에 큰 영향을 줄 것입니다."

엔저는 곧 일본 제품의 가격 하락을 뜻하며 한국의 거의 모든 수출품은 수출 시장에서 일본 제품과 직접 경쟁하기 때문에 다른 나라보다 가장 큰 타격을 입는다.

"예, 만약 엔화가 150엔대까지 떨어진다면 한국의 수출 이 15%가량 줄어들고, 경상수지 흑자는 1백억 달러가량 감 소할 것이라는 예측이 나왔습니다."

엔화가 달러당 145엔대로 접근하면서 일본 전자 업체와 자동차 업체들은 수출 가격을 3~10%가량 대폭 내린 채 파 상 공세를 펼치고 있었다.

"국제금융 세력들이 엔저를 묵인하고 유도하는 것은 중 국의 위안화 평가절하를 유도하기 위한 것입니다. 중국이 지금의 수출경쟁력을 유지하기 위해서는 위안화의 평가절 하가 필요하게 될 것이기 때문입니다. 만약 중국이 놈들의 뜻대로 움직인다면 아시아 국가들도 경쟁적으로 자국의 화폐를 평가절하할 수밖에 없으니까요. 그리되면 진정되어 가는 아시아 경제가 다시금 크게 흔들릴 수 있습니다. 이는 한국은 물론 닉스홀딩스와 룩오일NY에 대한 위협과 공격입니다."

웨스트와 이스트의 아래에 있는 국제금융 세력들은 환율을 통해서 각국의 금리와 통화를 움직이려고 했다.

국제금융 세력은 일본의 엔저를 유도하여 일본과 수출 시장에서 경쟁을 벌이고 있는 한국에 더 큰 피해를 주기 위해서 움직였다.

이것은 곧, 더 큰 혼란을 통해서 더 많은 이익을 가져가기 위한 경제 전쟁이었다.

"회장님의 말씀처럼 크게는 한국을 노리지만 작게는 닉스홀딩스가 반도체 사업을 확대하는 거에 대한 견제로 볼 수도 있겠습니다."

"예, 맞습니다. 이것은 곧 닉스홀딩스가 러시아를 돕지 못하게 하려는 사전 조치이기도 합니다. 자신들의 이익을 위해 일본을 장기불황으로 이끈 놈들입니다. 그들은 어떠한 수단과 방법을 통해서라도 우리의 앞길을 막아설 것입니다. 보통의 방법으로는 놈들을 상대할 수 없습니다."

이미 엔저의 여파로, 환태평양 국가들의 환율이 동시다발적으로 요동치고 있었다.

인도네시아 루피화는 보름 만에 달러당 28.9%가 뛰었고, 태국은 10.7%, 말레이시아 4.8%, 홍콩은 5.1%가 상승했다.

여기에 중남미의 환율도 오름세로 돌아섰고, 호주의 달러 가치가 12년 만에 최저 수준으로 떨어졌다.

3백억 달러의 단기외채를 갚아야 하는 러시아의 루블화 또한 통제력의 한계점에 달하고 있었다.

환율이 불안해지면 해당 국가와 거래하는 바이어들의 수입 오더가 줄고, 수출 대금의 회수마저 어려워지는 등 무역금융이 위축된다.

한국도 지난달부터 바이어들의 수입 오더가 20~30% 줄어들고 있었고, 외상거래가 많은 인도네시아와 러시아, 중남미에 대한 미수금이 늘어나 수출 기업들이 어려움에 빠져들고 있었다.

"비행기와 탱크를 동원한 전쟁보다도 더 무서운 경제 전쟁이 실시간으로 벌어지고 있는데도, 이러한 사실을 알지 못하는 한국의 관료들과 경제인들이 국민을 이끌어간다는 것이 정말 우려스럽습니다."

"전쟁을 통해서 망가진 나라를 소유하는 것보다 온전한 산업 시설과 노동력을 갖춘 나라를 손에 넣는 것이 저들에게는 더 큰 이익입니다. 놈들은 자신들에 손에 들어온 장기 말들을 이용해서 우리를 쉬지 않고 공격할 것입니다."

웨스트와 이스트의 제안을 거절한 순간부터 모든 방법을 동원한 공격이 이루어지고 있었다.

직접적인 공격은 이미 런던에서 당했고, 지금은 일본의 엔저를 통해서 한국과 러시아를 겨냥한 공격이 이루어지고 있었다.

룩오일NY와 닉스홀딩스가 막대한 달러를 벌어들이지 못했다면 국제금융 세력의 공격에 일찌감치 백기를 들고 항복했을 것이다.

경제문제와 함께 정치적으로 과도기에 있는 러시아 때문에 당분간은 한국에 들어가지 않을 생각이다.

*   *   *

런던에서 벌어졌던 테러의 여파로 국제금융계와 국제 유가가 출렁거렸다.

국제 유가의 안정을 목적으로 한 감산 조치를 취하기 위해 OPEC 회의 참석차 영국을 방문한 사우디아라비아와 카타르 관계자들이 큰 희생을 당했기 때문이다.

그 여파로 국제 유가가 잠시 상승세를 탔지만, 아시아 국가들의 경제 위기 여파가 에너지 소비를 둔화시키고 있어 국제 유가는 다시금 하락세로 반전했다.

한편으로 유럽 금융의 핵심이자 세계적인 금융기관들이 몰려 있는 런던 시티에서의 테러는 은행과 보험회사를 비롯한 금융기관들의 보안과 안전 강화에 관심을 두는 계기가 되었다.

이러한 관심은 마피아의 활동이 활발한 러시아와 동유럽에서 안정적으로 경비 업무와 보안 활동을 하는 코사크에 대한 관심으로 이어졌다.

현재 유럽에는 코사크와 같은 규모의 경비 보안 업체가 존재하지 않았다.

"오스트리아와 덴마크의 은행들에게서 경비 업무에 대한 의뢰가 들어왔습니다."

오스트리아 주요 은행인 오스트리아 뱅크, ERSTE(에르스떼) 뱅크와 덴마크의 단스케방크가 코사크에 경비 의뢰를 해온 것이다.

"예상치 못한 일이군."

"예, 서유럽 진출은 빨라야 내년 하반기쯤으로 보고 있었습니다."

코사크를 이끄는 보리스의 말처럼 올해는 미국 진출이 우선이었다.

하지만 런던의 테러는 서유럽 진출에 대한 물꼬를 터주

었다.

"경비 인력은 충분한가?"

"예, 미국 진출을 위해 준비한 인력들을 먼저 투입하면 됩니다."

미국으로의 진출은 빨라야 연말쯤이었다. 아직은 미국의 금융기관들에서 의뢰가 들어오지 않았다.

"좋아, 계약을 진행해. 영국에서는 반응이 없었나?"

"아직 테러를 당한 은행들에 대한 정리가 되지 않은 상황입니다. 영국 노동당 내부에서는 코사크를 받아들이자는 의견이 있지만, 보수당이 반대하고 있습니다."

영국에 진출한 국제은행들에서 의뢰가 들어왔지만, 영국 현지 경비 업무에 대한 허가가 나와야만 코사크가 영국에 들어갈 수 있었다.

"미국에 코사크가 진출하면 영국도 달라지겠지. 오스트리아에 진출하면 독일과 프랑스도 우릴 받아들일 거야. 그에 대한 준비도 잘 갖추어놓게."

"예, 차질 없이 준비하겠습니다."

러시아에 진출한 서방의 기업들은 코사크에 대한 신뢰가 컸다.

코사크가 단순히 기업과 은행들에 대한 경비 업무뿐만 아니라 러시아에 파견된 직원들 경호 업무까지 깔끔하게 처리했기 때문이다.

러시아의 경찰들이 해결하지 못하는 문제 또한 코사크가 나서면 아무 문제 없이 해결됐다.

더구나 코사크와 연관된 기업들과 인물들은 러시아 마피아가 절대로 건드리지 않았다.

러시아 마피아가 동유럽에 진출한 이후, 서유럽까지 세력을 빠르게 확장하고 있는 마피아들에 대한 우려가 유럽의 국가들에서 하나둘 나오는 상황이었다.

*   *   *

"러시아 놈들은 언제나 불량품을 수출하는 놈들이야!"

데이비드 로스차일드 II가 분노에 찬 표정으로 소리를 질렀다.

"그렇게까지 무자비하게 나올 줄 몰랐습니다."

로스차일드 가문의 전속 집사인 벤저민이 얼굴에 흐르는 땀을 닦으며 말했다.

탁!

"크로아티아와 알바니아까지 놈들의 손에 들어갔어. 그런데 이젠 그리스까지 넘겨준다는 것이 말이 된다고 생각해?"

손으로 고풍스러운 책상을 내려친 데이비드 로스차일드 II의 두 눈은 분노에 가득 찼다.

"놈들은 대전차 미사일과 공격 헬기까지 동원해서 사크라 코로나 우니타와 연계된 조직을 공격했습니다."

사크라 코로나 우니타는 이탈리아의 4대 마피아 조직 중의 하나였다.

"어떻게 공격 헬기를 그리스에 들여올 수 있는 거야?"

"부품을 러시아에서 들여와 현지에서 조립한 것으로 보입니다. 저희의 통제가 러시아와 몇몇 동유럽 국가에 미치지 못하고 있습니다."

동유럽 범죄 조직을 장악한 러시아 마피아는 러시아와 우크라이나의 군 기지에서 무기를 공급받아 그리스로 이동시켰다.

"정말이지 범죄를 저지르는 데는 타고난 놈들이란 말이군. 아무리 그렇다고 해도 제대로 된 저항을 해보지도 못하는 거야?"

"이탈리아 마피아나 그리스에 있던 범죄 조직들도 러시아와 동유럽에서 흘러나오는 무기로 무장을 했습니다. 한데 그 루트를 말르노프 조직이 완전히 장악했습니다. 그 때문에 이탈리아로 들어가는 무기 공급을 말르노프가 차단했습니다."

유럽의 범죄 조직들에게 공급되는 무기들 대다수가 러시아와 일부 동유럽 국가에서 흘러나왔다.

말르노프를 이끄는 샤샤는 불법 무기 공급 루트를 완전히 장악해 버렸다.

일부 무기상들이 저항을 해보았지만, 그들에게 도움을 주던 용병 단체가 코사크에 의해 붕괴되면서 상황이 달라졌다.

"놈들을 처리할 수 없다는 건가?"

"러시아 마피아들 뒤에는 코사크가 있습니다. 말르노프와 라리오노프를 이끄는 보스를 암살하려고 했지만, 코사크에 의해서 모두 실패했습니다. 그 덕분에 러시아 마피아가 복수를 핑계로 서유럽과 남유럽으로 세력을 더욱 확장하고 있습니다."

"그놈의 코사크는 어디든 끼어드는군. 코사크가 놈들의 뒤를 봐준다는 것은 곧 표도르 강이 놈들을 부린다는 말이잖아."

"악어와 악어새처럼 공생관계에 있는 것으로 보입니다. 하지만 표도르 강이 직접 나서서 러시아 마피아들에게 명령을 내리지는 않는 것 같습니다. 문제는 표도르 강을 제거하기 위해서 동원되었던 용병 단체들이 작전 실패로 인해 오히려 코사크에게 괴멸되다시피 했습니다. 현재로써는 코사크를 상대할 만한 용병 조직이 유럽에는 없습니다."

"그럼 이대로 당하고만 있을 건가?"

"일단은 러시아 놈들의 남하를 저지하기 위해 이탈리아 마피아에게 무기를 공급해 주는 것이 우선입니다. 러시아는 지금 크렘린궁 쿠데타 이후 정치적인 혼란을 수습하지 못한 채로 경제가 붕괴 직전에 있습니다. 러시아 내부의 혼란이 반년 정도 가중된다면 시민들에 의한 제2의 볼셰비키 혁명을 볼 수도 있을 것입니다. 제아무리 표도르 강이라도 이번 경제 위기는 절대로 막을 수 없습니다. 그때가 되면 러시아 마피아의 발걸음이 다시금 러시아로 향할 것입니다."

"내부의 붕괴가 러시아 마피아 놈들의 발걸음도 막는다는 말이군."

"예, 그다지 먹을 것이 없는 그리스와 이탈리아에서 놈들이 피 흘려 싸울 필요가 없으니까요. 저희가 계획대로 러시아의 21개 자치공화국을 모두 독립시킨다면 러시아는 끊임없이 유혈 투쟁이 일어날 것입니다."

이스트와 웨스트가 일으킨 아시아 외환 위기의 칼날이 한국을 거쳐 러시아로 향했고, 현재 러시아는 소비에트연방이 해체된 이후 가장 극심한 경제 위기에 봉착했다.

"무기는 어디서 공급할 건가?"

"쿠웨이트에 공급되는 미국제 무기를 빼올 예정입니다."

이라크에 침공을 당했던 쿠웨이트는 전쟁이 끝난 후 지속적으로 군비 강화를 이루어왔다.

쿠웨이트군은 대부분 미국과 영국제 무기로 무장했고, 1만 2천여 명의 미군이 주둔하고 있었다.

"백정 같은 러시아 놈들이 유럽에 더는 발을 들일 수 없게 만들어."

"예, 앞으로 두세 달이면 러시아는 파탄이 날 것입니다."

벤저민은 자신감 넘치는 말로 대답했다.

그는 일찍부터 러시아를 무력이 아닌 경제적인 방법으로 굴복시켜야 한다고 주장했었다.

*　　　　*　　　　*

한라그룹의 정태술 회장의 사망으로 간신히 간판을 걸고 있던 한라그룹은 사실상 완전히 해체되었다.

10대 그룹에 들던 한라그룹이 이렇게나 빨리 무너지리라는 것을 그 누구도 예측하지 못했다.

"음, 인생사 새옹지마라고는 했지만, 한라그룹의 몰락이 남의 일 같지가 않아."

"자금경색이 발생하는 상황에서 무리하게 진행한 주유소 사업이 결국 한라그룹의 발목을 잡았습니다. 신규 사업보다는 구조조정에 좀 더 힘을 썼어야 하는 상황이었습니다."

대산그룹의 이대수 회장의 말에 정용수 비서실장이 답했다.

"그래, 지금 와서 보면 그 말이 맞아. 하지만 그룹을 이끄는 총수의 입장에서는 새로운 도약과 반전이 필요할 때도 있는 거야. 정 회장도 많은 고민 속에서 주유소 사업을 진행했겠지."

이대수 회장은 두 눈을 감으며 말했다.

사실 대산그룹도 주유소 사업에 뛰어들었지만, 한라그룹의 공격적인 투자로 인해 닉스정유의 석유공급권을 놓쳤다.

하지만 이것이 한라그룹의 몰락을 앞당길 줄은 전혀 몰랐다.

"저희가 예상했던 것보다 한라그룹의 부채비율이 월등히 높았습니다. 그와 함께 가족 간의 분란도 그룹 해체에 일조했습니다."

"음, 안타까운 일이야. 가화만사성(집안이 화목하면 모든 일이 잘 이루어진다)이 틀린 이야기가 아니야. 한데 정 회장의 아들은 어떻게 되었나?"

이대수 회장은 정태술의 아들인 정문호가 크게 다친 것을 알고 있었다.

"현재 경기도 광주에 있는 요양병원에 머물고 있습니다. 목을 심하게 다쳐 전신마비에다 정신 분열로 인해 사람을 알아보지 못합니다. 정문호 군의 누나들은 한국의 재산을 정리해서 미국과 캐나다에 이민을 떠났습니다."

"쯧쯧! 가족들에게 버림을 받은 거군."

"예, 정 회장님 사후에 재산 다툼이 더욱 심하게 벌어졌습니다. 정 회장님께서 미처 유언장을 준비하지 못하셨는지, 그나마 남은 재산을 정군의 두 누나가 모두 가져갔습니다."

"허허! 평생을 침대에 누워서 지내는 것도 서러운 일인데. 우리와 인연이 있던 친구이니 가끔 들러나 봐."

정태술 회장과의 인연으로 인해 이중호와 정문호 또한 가깝게 지냈었다.

한때는 자신의 딸인 이수진을 정문호와 엮어줄까도 생각했던 적이 있었지만, 정문호의 행실을 알게 된 후부터 생각을 접었다.

"예, 알겠습니다. 그리고 중국 쪽 물류 사업이 러시아의 부란이라는 회사 때문에 계획했던 것보다 시장 확대가 늦어지고 있습니다."

대산그룹의 중국 시장에 유통 사업과 함께 물류 사업 분야에도 투자를 진행했었다.

하루가 다르게 발전하는 중국은 산업 시설과 공장들이 곳곳에서 건설되었고 그에 발맞추어 인프라 시설도 확대되었다.

이것은 곧 유통과 물류의 이동과 확장으로 이어지는 것이다.

수많은 공장을 짓기 위해서는 그에 필요한 물건과 자재들을 원하는 시기에 원하는 장소로 공급하는 것이 필요했다.

하지만 대산그룹이 예상한 것만큼 중국 내 인프라 확대가 빠르지 않았고, 외국인에 대한 유통·물류 부문 개방도 예상보다 늦어졌다.

여기에 막대한 자본력과 국제물류 분야에 노하우가 풍부한 부란이 중국에 진출한 것이다.

"부란이라면 러시아 회사인 거야?"

"예, 러시아와 동유럽의 물류 분야를 석권한 회사입니다. 국내의 기업들도 러시아와 유럽에 물품을 보내는 데 있어 부란을 이용하고 있습니다. 부란이 블라디보스토크에서 출발하는 시베리아 횡단 열차의 지분을 대부분 소유하고 있는 거로 확인되었습니다. 더구나 부란은 국내 물류시장에도 진출하기 위해 대한통운을 인수하려는 움직임을 보이고……."

국내 물류와 택배 시장은 대한통운, 한진택배, 후발업체인 현대택배가 주도하고 있다.

이들 세 업체는 택배 분야에서만 지난해 각각 600억 원 안팎의 매출을 올려 국내 전체 시장의 62% 점유하고 있다.

대한통운은 동아건설의 소유였고, 동아건설은 현재 부도 위기에 몰려 있었다.

동아건설은 매일 돌아오는 수백억 원의 진성어음(물품대금)을 결제할 능력이 없어 주채권은행인 서울은행이 막아주고 있을 정도로 자금 사정이 최악이었다.

굴지의 건설사인 동아건설이 이런 상황이 된 것은 재개발 이주비로만 1조억 원이 잠길 정도로 무리하고 방만한 경영을 해왔기 때문이다.

여기에 리비아 대수로 공사에 벌어들인 1억8천만 달러 중 현지 비용을 빼고 국내에 들어온 돈이 고작 2천5백만 달러뿐이었다.

현금이 마른 상황에서 동아건설은 4조 원이 넘는 대출금을 가지고 있었다.

"경제 위기로 인해 러시아의 기업이나 우리나 별반 다르지 않은데, 부란은 다른가 보지?"

"예, 부란은 러시아 최대 그룹인 룩오일NY의 계열사입니다. 시베리아 횡단 열차를 이용해 러시아와 유럽으로 수송하는 물류를 독점하여 상당한 이익을 내는 것 같습니다. 현재 미국의 화물 특송 업체인 페더럴익스프레스(페덱스)을 인수하기 위한 협상을 벌이고 있습니다."

부란은 이미 페덱스의 전신인 페더럴익스프레스와의 인수 합병에 합의했고, 캘리버 시스템(Caliber System Inc)을 인수했다.

부란이 먼저 페덱스의 탄생을 있게 한 캘리버 시스템을 인수함으로 페더럴익스프레스의 성장 동력을 가로챘다.

그 덕분에 페더럴익스프레스의 인수 협상에 있어 유리한 상황에 놓일 수 있었다.

캘리버 시스템은 운송, 물류 및 관련 정보 서비스를 공급하는 회사로서 작년 27억 달러의 매출을 올렸지만, UPS와 페더럴익스프레스, 그리고 DHL 등과 경쟁하면서 적자가 심해졌다.

캘리버의 자회사로는 소형 패키지 운송 업체, 고속화물 운송 업체, 육로 운송 업체 및 계약 물류 공급 업체가 포함되어 있다.

"러시아의 룩오일NY가 한국의 닉스홀딩스처럼 무섭게 성장하는 것 같아."

"예, 러시아의 경제가 어렵지만 룩오일NY는 별개로 취급되고 있습니다. 룩오일NY의 지원으로 부란은 중국의 동북 3성에 상당한 물류시스템을 구축했습니다. 더구나 부란을 밀어주는 인물이 장쩌민 주석의 아들인 장몐형입니다. 그 때문인지 베이징과 톈진에도 상당한 규모의 물류 창고를 짓고 있습니다."

대산그룹도 상하이에 이어 베이징과 톈진에 물류 사업을 확대하려고 했다.

하지만 허가가 쉽게 나오지 않은 상황에서 대산에너지로 인해 막대한 손실을 보았고, 이어서 터진 외환 위기로 인해 투자 여력이 완전히 상실되었다.

"음, 부란을 운영하는 인물도 우리와 같은 방향을 보았어. 외환 위기만 없었어도 중국은 우리 대산에 의해서 움직였을 거야."

인터넷 기술과 통신기술의 빠른 발전은 인터넷상거래의 혁신을 가져왔고, 이는 물류·유통회사의 성장을 주도했다.

여기에 막대한 이익까지 물류회사에 안겨다 주었다.

대산그룹의 이대수 회장은 이러한 앞날을 내다보지는 못했지만, 중국의 발전으로 한국과 중국 간의 물류·유통 사업이 크게 성장하리라는 것을 예측했었다.

"이번 위기만 잘 넘기면 회장이 그리신 방향대로 움직일 수 있을 것입니다."

"후! 이번 경제 위기가 짧게 끝날 것 같지 않아. 달러를 벌어들이는 수출 기업들은 어느 정도 버티겠지만 우린 그게 부족하잖아. 욕심 같아서는 우리가 매물로 나온 대한통운을 인수해야 하는데 말이야."

이대수 회장은 구름 한 점 없는 맑은 하늘을 바라보며 말했다.

대산그룹의 상황은 맑은 하늘과 같지 않았다.

정태술 회장의 죽음 이후 한라그룹이 해체되어 완전히 사라진 것처럼 돈줄이 막힌 국내 기업들도 여전히 쓰러지고 있었다.

주식시장도 러시아의 경제 위기가 현실화되면서부터 4백 선이 무너졌고, 안정세를 찾던 환율도 다시금 가파르게 오르고 있었다.

한국호는 아직 폭풍의 한가운데 있었다.

Chapter 12

　쿠웨이트는 영국 런던의 테러에서 보여준 코사크의 활약에 고무되어 왕실과 국영은행인 쿠웨이트중앙은행 경비 업무에 코사크를 고용했다.

　닉스메리어트호텔에 투숙했던 쿠웨이트 관료와 OPEC 회의 참가자들은 호텔을 벗어난 사우디아라비아 관계자들과 달리 털끝 하나 다치지 않았다.

　이러한 점을 높이 산 쿠웨이트 왕실이 코사크를 받아들인 것이다.

　코사크는 오스트리아와 덴마크에 이어 중동으로의 진출

이 자연스럽게 이어졌다.

쿠웨이트 왕궁과 왕실에 대한 경호는 코사크에 대한 국제 신뢰도를 더욱 높여주는 요인이 되었다.

1990년 8월 2일 이라크의 기습 침공에 대항하여 다스만 왕궁을 지키던 쿠웨이트군의 사령관이자 총리인 셰이크 파우드 알 아마드 알 사바 왕세자는 왕실 인물들을 모두 살해하려 했던 사담 후세인의 음모를 사전에 인지했다.

그는 이라크군의 공격이 있기 30분 전, 자베르 알 사바 국왕과 가족들을 사우디아라비아로 피신시킨 후 왕궁에 남아서 끝까지 싸우다 전사했다.

셰이크 왕세자의 설득으로 국왕과 왕족들이 왕궁을 떠나지 않았다면 쿠웨이트의 왕실은 사라졌을 것이다.

모스크바에서 이륙한 전용기가 쿠웨이트 국제공항에 착륙했다.

쿠웨이트 방문은 왕세자이자 총리인 파에드 알 아르메드의 초청으로 이루어졌다.

그는 왕궁을 지키다 전사한 셰이크 왕세자의 아들이었다.

공항에는 왕세자의 측근이자 실세인 압둘라시스 알 다흐일 국무장관이 나와 있었다.

"쿠웨이트는 처음이시지요?"

"예, 쿠웨이트뿐만 아니라 중동 방문은 처음입니다."

"하하하! 그러시군요. 영국에서는 회장님에게 큰 도움을 받았습니다."

런던 테러로 인해 OPEC 회의에 참석하려 했던 사우디아라비아와 카타르 인사들이 대거 희생당했다.

하지만 닉스메리어트호텔 대피소에 있던 쿠웨이트 관계자들은 테러에 가담한 재규어와 구르카 용병부대의 매서운 공격에서도 안전할 수 있었다.

호텔 위층에서의 치열한 전투 못지않게 지하 대피소로 향하는 길목에서도 맹렬한 전투가 벌어졌었다.

호텔 내 경비원들과 경호원들, 그리고 코사크가 자신의 목숨을 서슴없이 내던지면서 호텔 투숙객들의 안전을 지켰다.

이러한 상황을 뒤늦게 전해 들은 쿠웨이트 정부는 나와 코사크에 감사함을 표했다.

"저희가 해야 할 일을 한 것뿐입니다. 쿠웨이트 관계자분들이 저희의 말에 잘 협조해 주신 것도 큰 도움이 되었습니다."

"하하하! 회장님께서는 참 겸손하십니다. 자신의 목숨을 희생해 가면서까지 투숙객의 안전을 지킨다는 결코 쉬운 일이 아닙니다. 저희 왕실도 돌아가신 셰이크 파우드 왕세자님의 값진 희생이 없었다면 이 세상에서 사라졌을 것입니다."

3백여 명의 다스만 왕궁 수비대와 함께 이라크군에 끝까지 항전하여 왕실 관계자들을 사우디아라비아로 피신하게 한 셰이크 파우드 왕세자의 영웅적인 행동은 쿠웨이트의 자랑이었다.

"셰이크 파우드 알 아마드 알 사바 왕세자님의 놀라운 희생은 저도 잘 알고 있습니다."

"하하하! 셰이크 왕세자님의 이름을 정확히 알고 계시는군요."

압둘라시스 외무장관은 내 말에 크게 웃으며 말했다.

"우리에게 용기와 희생을 보여준 영웅은 늘 우리와 함께해야 하기 때문입니다."

"맞는 말씀입니다. 파에드 총리께서는 시에프 왕궁에서 기다리고 계십니다. 차에 오르시지요."

압둘라시스 외무장관의 안내로 롤스로이스 방탄 리무진에 올랐다.

1990년 8월 2일에 발생한 이라크의 쿠웨이트 침공으로 시작된 걸프전쟁의 표면상 이유는 석유와 이라크의 경제 사정에 있었다.

당시 이라크에서는 쿠웨이트와의 국경 지대에 놓인 쿠메일라 유전 지대를 놓고 소유권을 주장하며 분쟁이 발생했다.

쿠웨이트의 원유 물량 과잉공급으로 국제 유가가 하락해 이라크의 경제난이 심해지자 30만 병력을 동원해 쿠웨이트를 기습 공격하여 점령한 것이다.

쿠웨이트군은 3만 명에 불과했고 실전이 풍부한 이라크군에 각개 격파당했다.

쿠웨이트 침공 전쟁의 실제 원인은 이런 표면상의 이유와 함께 다양한 요인들이 작용한 결과였다.

당시 이라크는 1980년 전쟁이 발발한 이후 무려 8년간이나 지속됐던 이란-이라크 전쟁의 후유증에서 벗어나지 못하고 있었다.

부채가 많지 않은 산유국이던 이라크는 전쟁 종료 후 대외 채무만 600억 달러가 넘었다.

전후 복구에도 2,300억 달러가 필요했지만, 이라크의 연간 석유 판매 대금은 130억 달러 수준에 머물렀다.

고정적인 경상지출 금액인 230억 달러에도 못 미치는 수입액은 또 다른 돈을 빌려야만 해결할 수 있었다.

이라크는 전후 재건과 전쟁 비용으로 사우디아라비아와 쿠웨이트에 막대한 부채를 지고 있었으며, 이를 완화해 달라고 요청했지만, 양국은 거부한 상태였다.

한편으로 걸프전은 이라크와 쿠웨이트 양국의 오랜 앙금도 작용했다.

역사적으로 볼 때, 이라크가 1차 세계대전 이후 오스만튀르크 제국에게서 독립한 당시 이라크와 쿠웨이트는 공식적으로 분할되지 않은 상태였다.

그런데 쿠웨이트를 통치했던 사바 가문은 이보다 훨씬 이전인 1899년에 영국의 보호령이 되겠다고 비밀 협정을 요청했다.

사바 가문의 요청을 영국이 받아들여 1922년, 이라크와 쿠웨이트를 분할해 국경선을 확정해 버린 것이 지금까지 이어진 것이다.

여기에 중동의 패자로서 메소포타미아 문명의 발상지인 이라크 바그다드를 다스리는 후세인은 아랍의 전설적 지도자가 되고 싶어 했다.

이슬람 혁명을 성공시킨 이란의 영향력 확대를 막기 위해 한때 이라크를 지원하기도 했던 미국은 반미강성으로 돌아선 후세인을 향해 CIA의 치밀한 공작과 함께 소국인 쿠웨이트를 통한 도발로 후세인 정권에 대한 지속적인 공격을 이어갔다.

결국, 미국이 의도한 대로 이라크가 쿠웨이트를 침공함으로써 걸프전쟁을 이끌어냈다.

걸프전쟁으로 미국은 눈엣가시 같던 이라크공화국 수비대 20만 명을 손쉽게 처리했고, 중동에서 확대되던 후세인의 영향력을 축소시켰다.

이로 인해 중동에서의 미국의 위상은 더할 나위 없이 높아졌다.

이는 미국이 중동 패권을 쥐는 데 있어 방해꾼 역할을 하는 사담 후세인의 제거와 함께 전쟁을 벌여야만 먹고살 수 있는 군산복합체의 이윤과 생존을 위해서였다.

시에프 왕궁은 쿠웨이트를 방문하는 외국 국빈과 인사들을 맞아들이는 곳이자 숙소로도 쓰였다.

파에드 총리 겸 왕세자는 시에프 왕궁에 머물고 있었고, 쿠웨이트 국왕인 자베르 알 사바 국왕은 알사드 왕궁에서 지냈다.

"어서 오십시오. 이렇게 초대해 선뜻 응해주셔서 감사합니다."

"하하! 초대해 주셔서 감사합니다."

파에드 총리 겸 왕세자는 반가운 표정으로 날 안아주었다.

35살의 파에드 총리는 국왕을 대신해 쿠웨이트의 행정과 경제 분야를 모두 책임지고 있었다.

　"영국에서의 도움에 대해 다시 한번 감사드립니다. 우리를 위해 희생당한 분들에게도 심심한 애도와 위로를 드립니다."

　"감사합니다. 그들의 희생이 왕세자님과 쿠웨이트와의 긴밀한 관계의 디딤돌을 놓을 수 있게 해주었습니다."

　"그렇게 생각해 주시니 고맙습니다. 자, 안으로 들어가셔서 이야기를 나누시지요."

　파에드 총리는 나를 귀빈실로 직접 안내했다.

　시에프 왕궁의 귀빈실은 생각한 대로 황금색과 밝은 청색으로 꾸며져 화려하고 아름다웠다.

　"코사크를 요청하는 나라들이 많아졌다고 들었습니다."

　"예, 런던 테러 이후 금융기관들의 안전에 대한 관심이 부쩍 늘었습니다. 오스트리아와 덴마크의 은행들이 코사크와 경비 업무에 관한 협상을 체결했습니다. 네덜란드 은행들도 요청이 들어왔지만, 코사크가 관리하는 기존 업체들에 대한 수요와 계약 요청이 늘어서 인력이 부족한 실정입니다."

　런던 테러는 코사크의 위상을 한껏 높여주는 사건이었다.

테러분자들을 모두 처리했을 뿐만 아니라 닉스메리어트 호텔 내 투숙객과 직원들을 안전하게 구출했기 때문이다.

"하하하! 그런데도 저희의 요청을 흔쾌히 들어주서서 감사합니다. 코사크가 왕궁과 왕실 가족들을 보호해 준다고 하니 안심이 됩니다."

80명의 코사크 대원들은 내가 쿠웨이트를 방문하기 5일 전에 쿠웨이트에 도착해 임무에 들어갔다.

현재 훈련 중인 50명의 대원들이 추가로 파견될 예정이다.

이들은 왕궁과 쿠웨이트중앙은행의 경비, 그리고 왕실 관계자들을 경호한다.

쿠웨이트 정부는 이를 위해 매달 1천3백만 달러를 코사크에 지급한다.

"기존 경비원들의 처리는 끝나셨습니까?"

"예, 알려주신 덕분에 쿠웨이트에서 모두 쫓아낼 수 있었습니다. 그들이 테러 조직과 연계되었을 수도 있는 인물들이었다는 것이 놀라울 뿐입니다."

걸프전 이후 쿠웨이트 왕궁 경비와 왕실 경호는 원래 미국과 영국의 특수부대 출신의 인물들이 담당했고, 이 중에는 CIA 출신의 인물도 있었다.

문제는 이들 중 적잖은 인물들이 런던 테러에 투입된 재규어와 연관되어 있었다.

코사크는 이 정보를 쿠웨이트에 제공했다.

"저 또한 겉으로 보이는 모습과 그 이면의 모습이 다르다는 것을 이번 런던 테러를 통해서 확실히 알게 되었습니다. 서유럽과 미국의 핵심 세력은 중동의 평화보다는 자신의 이권과 석유에 대한 지배력을 놓치지 않으려고 움직일 뿐입니다."

파에드 총리에게 이스트와 웨스트 세력에 관한 이야기는 전달하지 않았다.

이라크가 쿠웨이트를 침공하여 발생한 걸프전도 석유에 대한 지배를 확고히 하기 위한 전쟁이었다.

"회장님의 말씀이 틀리다고는 할 수 없습니다. 하지만 저희 쿠웨이트는 미국을 바라볼 수밖에 없는 것도 현실입니다. 미국을 비롯한 연합군이 후세인의 공화국 수비대를 격퇴하지 못했다면 이 나라가 존속되지 못했을 것입니다. 지금도 후세인의 명령으로 인해 국경 지대에서 테러분자들에 의한 전투가 발생하고 있습니다."

이라크는 쿠웨이트에 대한 욕심을 아직 버리지 못했다.

한편으로 이러한 긴장을 계속 조성하는 것은 이라크와 이란, 그리고 쿠웨이트 간 물고 물리는 싸움을 지속시키기 위한 미국의 전략이었다.

"물론 쿠웨이트를 되찾는 데 있어 미국의 역할이 컸습니다. 하지만 걸프전쟁을 일어나도록 조장한 것도 미국의 역할이었습니다."

"그 말이 사실입니까?"

내 말에 파에드 총리의 표정에서 웃음기가 사라졌다.

"그에 대한 정보를 원하신다면 드릴 수 있습니다. 그렇다고 해도 현재 쿠웨이트가 할 수 있는 일은 그리 많지가 않습니다."

"음, 맞는 말씀입니다. 그게 쿠웨이트가 처한 현실입니다."

"저는 그러한 현실을 함께 바꾸길 원합니다. 우리가 가진 석유를 저들의 무기가 아닌 우리의 무기로 만들어서 말입니다."

내가 쿠웨이트를 방문한 진짜 이유는 석유에 대한 지배권이었다.

미국이 석유를 그들이 원하는 흐름대로 지배할 수 있는 달러 거래의 변화를 주고 싶었다.

이는 석유를 사고파는 유일한 결제 수단이 미국의 달러였기 때문이다.

*　　　　*　　　　*

파에드 총리와 쿠웨이트 발전에 대한 다양한 의견을 식사 후에도 나누었다.

중동의 소국인 쿠웨이트는 다른 사업 없이 오로지 석유 판매로 나라의 살림을 꾸려가고 있었다.

하지만 원유 발견 이전에도 쿠웨이트는 중동 지역에서 손꼽히는 부자 지역이었다.

쿠웨이트 상인들은 아라비아 상인으로 이름을 날릴 만큼 지리적 이점을 이용하여 인도양과 중동을 오가는 국제 무역과 함께 진주 채취업으로 상당한 부자 국가였다.

하지만 사우디아라비아의 전쟁에서 패해 영토가 줄어들면서 무역 또한 쪼그라들었다.

여기에 미국에서 시작된 대공황으로 무역 사업이 쇠퇴하게 됐고, 일본에서 양식 진주가 성공하면서 진주 사업도 내리막을 걸었다.

그러나 석유의 발견으로 인해 다시금 부국의 반열에 올라섰다.

문제는 석유를 채굴하는 유전은 영원하지 않다는 것이었다. 더구나 국제 유가가 하락하는 마당에 쿠웨이트의 경제도 좋은 상황이 아니었다.

원유 의존에서 벗어나 산업 다각화가 필요했다. 원유에

의존하는 경제는 언젠가 한계에 부닥칠 것이기 때문이다.

한편으로 이라크 침공에 따른 전후 복구 사업을 꾸준히 해오고 있었지만, 아직 방치된 곳도 적지 않았다.

"아마디 공군기지와 엘 키란 복합화력발전소 건설, 그리고 알아시마에 아파트 건립을 닉스E&C와 노바닉스E&C에 맡기기로 했습니다."

룩오일NY의 루슬란 비서실장의 말이었다.

현재 쿠웨이트에는 룩오일NY와 닉스홀딩스 관계자들이 함께 방문했다.

노바닉스E&C는 닉스E&C와 룩오일NY가 50 대 50의 합작으로 세운 러시아 건설 회사다.

러시아 내 공공시설 건설의 상당수를 노바닉스E&C가 전담하듯이 담당하고 있다.

그로 인해 노바닉스E&C는 단기간 내에 러시아 제일의 건설 회사로 올라섰다.

"파에드 총리가 통 큰 결정을 했군."

"예, 미국과 일본 건설 회사들의 수주가 유력했었습니다. 저희 두 회사와 장기적인 관점에서 협력 관계를 유지하고 싶어 하는 것 같습니다. 특히나 파에드 총리는 소빈뱅크의 앞선 금융 시스템을 배우고 싶어 합니다."

닉스홀딩스의 김동진 비서실장의 말이었다.

쿠웨이트 GDP의 90% 이상은 석유 판매로 이루어진다. 이러한 구조를 파에드 총리는 바꾸고 싶어 했다.

"아랍인들은 예부터 협상을 잘하는 족속입니다. 우리에게 준 만큼 얻으려고 하겠지요."

닉스E&C와 노바닉스E&C가 진행할 공사는 17억6천만 달러에 달하는 공사였다.

쿠웨이트는 앞으로도 새로운 항구와 공항 등 더 많은 공사 진행을 준비 중이었다.

"파에드 총리가 회장님께서 이룩한 일들에 대해 큰 감명을 받은 것 같습니다."

루슬란 비서실장의 말처럼 파에드는 러시아와 한국에서 내가 만들어낸 일들에 대해 보고를 받고는 매우 놀라 했다.

8년이라는 짧은 기간 안에 룩오일NY와 닉스홀딩스를 러시아와 한국은 물론 전 세계에서 손꼽는 그룹으로 성장시켰기 때문이다.

"쿠웨이트는 불안한 환경에 놓여 있어. 미국에 의존하지 않으면 또다시 사담 후세인이 쿠웨이트를 노릴 수 있으니까 말이야. 파에드 총리는 지금의 상황을 바꾸고 싶어 하지. 그게 경제력이든 군사력이든 말이야."

이라크의 사담 후세인은 여전히 건재했고, 이라크의 군

사력과 비교해 한참 뒤떨어지는 쿠웨이트는 걸프 지역에 주둔하는 2만4천여 명의 미군에 의존하고 있었다.

"미국이 걸프전 때 왜 후세인을 제거하고 이라크를 점령하지 않았을까요?"

김만철 경호실장의 말처럼 걸프전에서 미군과 함께 참전한 연합군은 충분히 사담 후세인을 제거할 수 있었고, 이라크를 점령할 수 있었다.

중동의 군사 강국인 이라크는 한때 세계 4위의 군사력을 갖춘 것으로 평가받기도 했다.

"두 가지 이유 때문입니다. 하나는 점령전으로 인한 미군의 막대한 인명 손실 우려와 함께 지속적인 지상군 투입이 필요했기 때문입니다. 또 하나는 이라크 분열로 인해 이란이 강해지는 상황에 놓일 수 있습니다. 그렇게 되면 자칫 사우디아라비아의 안보가 위태로워질 수 있습니다. 하지만 그런 상황에서도 미국은 좋은 선택을 놓쳤습니다. 전쟁에서는 이겼지만, 정치적으로는 패배한 상황에 부닥치게……."

시아파와 수니파의 맹주를 자처하는 이란과 사우디아라비아 두 나라는 중동에서 패권을 다투고 있었다.

그사이에서 사담 후세인은 풍부한 경험을 갖춘 군사력을 앞세워 중동의 패자로 나서려고 했다.

＊　　　＊　　　＊

쿠웨이트의 밤은 조용하고 한적했다.

중동 대다수 국가들은 술 판매를 금지했고, 쿠웨이트는 보수적인 성향의 사우디아라비아와 함께 아예 술 구경을 하기 힘든 나라였다.

자정이 지난 시간 한적함을 뚫고 한 사내가 나를 찾아왔다.

사내의 이름은 하산 알카타니로 이라크 사담 후세인 대통령을 경호하는 인물이었다.

"후세인 대통령이 사람을 보내왔습니다."

"생각했던 것보다 후세인이 급한가 봅니다."

김만철 경호실장의 말에 알카타니가 기다리는 곳으로 향했다.

파에드 총리는 시에프 왕궁에 머물길 원했지만, 경호 문제를 들어 숙소를 호텔로 바꾸었다.

하지만 원래 이유는 날 만나고 싶어 하는 사담 후세인 때문이었다.

초조한 눈빛으로 나를 기다리던 사내는 삼십 대 중반으

로 보였다.

"경호실에 근무하는 하산 알카타니 대위입니다. 만나뵙
게 되어 영광입니다."

알카타니는 날 보자마자 정중히 고개를 숙이며 인사를
건넸다.

영어를 할 줄 아는 알카타니는 사담 후세인 대통령의 고
향인 티그리티에 태어났다.

티그리티는 바그다드에서 160㎞ 떨어진 작은 마을이다.

수니파 하층 계급 출신인 후세인은 측근조차 잘 믿지 않
는 인물이었지만, 최측근인 알카타니는 후세인이 신뢰하고
믿는 인물이었다.

"쉽게 않은 길을 뚫고 왔습니다."

알카타니는 혼자서 쿠웨이트 국경을 넘어온 것이다.

"걸프전 이전부터 쿠웨이트를 오갔기 때문에 이쪽 지리
는 잘 파악하고 있습니다."

"그렇다고 해도 국경 경비가 삼엄했을 텐데 말입니다."

"쿠웨이트에는 저희와 함께하는 친구들이 존재합니다.
많은 수의 인물들은 눈에 띄겠지만 서너 명의 인물들은 충
분히 국경을 넘을 수 있습니다."

알카타니는 내 말에 자신감 있게 대답했다.

이라크를 돕는 인물들이 쿠웨이트에 존재한다는 사실을

알게 되었다.

"그렇군요. 여기에 오래 머무는 것이 도움이 안 될 테니, 바로 본론으로 들어갑시다. 후세인 대통령께서 원하시는 것이 무엇입니까?"

이라크의 후세인이 나에게 접촉을 해온 것은 모스크바에서였다.

미국과 영국이 주도적으로 이라크를 압박하고 국제경제 제재에 앞장서고 있었다.

올해 들어 시작된 원유 가격의 폭락과 91년 걸프전 이후부터 경제 제재에 봉착한 이라크는 무척이나 힘든 상황에 놓여 있었다.

식료품과 분유, 의복, 의약품 등 일상생활에 필요한 모든 물품이 부족했다.

"대통령께서는 회장님이 이라크에 투자해 주시길 원하고 있습니다. 그리고 생필품과 무기를 저희에게 공급해 주셨으면 합니다."

이라크는 국제 제재와 함께 유엔으로부터 무기 사찰을 받고 있었다.

이러한 와중에 미국과 영국을 주축으로 하는 연합군의 공습 또한 계속 이어져 왔다.

이라크―이란 8년 전쟁이 끝난 이후 이어진 걸프전까지

겪으면서 이라크의 경제는 파탄이 날 지경이었다.

생활에 필요한 생필품은 절대적으로 부족했고, 경제 제재로 인해 석유 판매도, 수입도 원활하게 진행할 수 없었다.

"하하! 우린 그러한 제한을 쿠웨이트에서도 받고 있습니다. 더구나 우리가 이라크를 돕는다면 쿠웨이트에서 진행하는 사업에 큰 차질이 생깁니다."

쿠웨이트는 적극적으로 닉스홀딩스와 룩오일NY에 구애를 펼치고 있었다.

"물론, 그러실 것입니다. 하지만 저희를 도와주신다면 저희도 회장님의 일에 적극적으로 협조할 것입니다. 그 대가로 이라크 내의 원유 탐사권을 모두 룩오일NY Inc에 내어드릴 것입니다. 또한 이라크 재건사업권도 회장님이 이끄시는 기업이 독점적으로 진행할 수 있도록 해드리겠습니다."

알카타니의 말이 사실이라면 수백억 달러에 달하는 사업이었고, 그 이익은 원유 발견에 따라 더 많이 늘어날 수 있었다.

"하하! 날 찾아온 이라크 대위의 말만을 듣고서 일을 진행하란 말이오? 미국과 영국이 가만히 지켜만 보지 않을 텐데."

"여기 사담 후세인 대통령님의 친서를 가지고 왔습니다. 당연히 어려움이 크기 때문에 회장님을 찾아온 것입니다."

알카타니는 품속에서 조심스럽게 봉투 하나를 꺼냈다.

봉투 속에는 사담 후세인이 직접 쓴 편지와 서명이 들어 있었다.

편지의 내용은 어려움에 당한 친구를 도우면 그 우정은 죽는 날까지 영원할 것이라는 뜻이 담겨 있었다.

사실 사담 후세인이 정권을 수립하고 유지하는 데 결정적인 역할을 한 것은 미국의 개입이었다.

후세인이 집권하기까지 거친 여러 차례의 권력 투쟁에서 미국은 중동에 진출하려던 구소련의 견제 세력으로서 그를 지지했었다.

이란에 팔레비 왕조가 무너지고 이슬람 혁명 정권이 들어서자, 미국은 미치광이보다 망나니가 낫다며 대량 파괴 무기를 포함한 전폭적인 군사 지원으로 이란과 이라크의 전쟁을 부추겼다.

이것은 곧 후세인의 권좌를 탄탄하게 만들어주는 일이었다.

이라크 주민의 절대다수인 99%는 이슬람교를 믿으며, 이 중에 시아파가 63%, 수니파가 36%이다.

나머지 1%는 아시리아 동방교회에 속한 기독교도인이

대다수다.

아이러니한 것은 사담 후세인 정권 시절에는 기독교인의 예배 허용 등 일정 부분 종교적 자유를 누렸지만, 그가 사라지고 난 후에 이라크 내 기독교인은 무슬림의 공격 대상이 되었다.

수니파인 후세인은 이라크 인구 중 63% 이상이 시아파였기 때문에 자국의 안정을 위해서도 이란을 견제할 필요가 있었다.

미국은 사담 후세인이 대량 살상 무기를 개발하여 보유하고 있다고 비난을 퍼붓고 있었지만, 현재 미국이 군사적 공격 목표로 삼고 있는 군사 및 산업 시설들은 과거 미국이 건설했던 것들이다.

한마디로 석유 이권을 장악하기 위해서 미국과 서구의 입맛대로 중동을 요리하고 싶어 한 것이다.

"음, 일을 진행한다고 해도 우리에게 지급할 돈은 있는 것입니까?"

"달러는 부족하지만, 값을 치를 만큼의 금을 가지고 있습니다."

"이라크에 금이 그 정도로 풍부했었나?"

나는 자리에 함께 동석한 루슬란 비서실장을 보며 물었다.

"걸프전 때 쿠웨이트 중앙은행에 보관했던 상당수의 금괴가 사라졌습니다. 지금도 사라진 금괴의 행방을 파악하지 못하고 있습니다."

"쿠웨이트에서 가져간 금괴라. 그렇다고 해도 그 정도의 금괴로는 힘들 텐데."

국가 재건을 위해 쓰일 금괴라면 보통의 양으로는 힘들었다.

"쿠웨이트 금괴뿐만 아니라 이라크와 이란의 8년 전쟁 중에 미국이 우리나라를 지원해 주기 위해 지급한 전쟁비용을 금괴로 받았습니다. 저흰 그 금괴를 아주 소중히 간직하고 있습니다."

말을 끝낸 알카타니는 안쪽의 주머니에서 2장의 사진을 내밀었다.

사진 속에는 긴 터널로 보이는 공간이 보였고, 그곳에는 셀 수 없을 만큼의 어마어마한 금괴들이 보관되어 있었다.

사담 후세인은 미래를 위해서였는지 아니면 우연이었는지는 모르겠지만, 석유 판매 대금의 일부분까지 금으로 받았다.

Chapter 13

　사담 후세인 대통령이 보낸 알카타니 대위가 떠나고 난 후 닉스홀딩스와 룩오일NY의 핵심 관계자가 모인 회의가 진행되었다.

　쿠웨이트의 사업을 포기한 채 이라크를 도울 것인가 하는 문제가 핵심이었다.

　이라크와 관계가 외부로 알려지면 쿠웨이트에서 자리를 잡으려고 하는 코사크의 위치도 달라질 수 있었다.

　"굳이 모험을 할 필요가 있겠습니까? 쿠웨이트의 관계를 통해서 사우디아라비아를 비롯한 중동의 여러 나라로 넓혀 가는 것이 좋을 것 같습니다."

닉스홀딩스의 김동진 비서실장이 영어로 말했다. 회의에 참석한 두 나라의 인물들 때문이었다.

"안정적인 것도 좋지만, 이라크가 제시한 조건은 파격적인 것입니다. 우리에게 이라크의 재건을 전적으로 맡기는 것이지 않습니까? 더구나 이라크 내에는 적어도 2천억 배럴의 원유가 있습니다. 이걸 우리가 독점한다면 세계 원유 시장에서의 위치가 달라질 것입니다."

룩오일NY Inc의 대표인 니콜라이는 이라크에 진출하고 싶은 눈치였다.

이라크의 석유 매장량은 해마다 달라졌지만, 석유 부존량은 2016년 기준 2,065억 배럴로 전 세계 원유매장량에 있어 9%를 차지했고, 순위에서는 항상 3~5위를 오르내렸다.

"자칫 이라크를 돕다가는 저희는 물론 룩오일NY도 국제 제재를 받을 수 있습니다."

닉스제약의 박명준 대표의 말이었다.

"미국과 영국이 주도하는 제재일 뿐입니다. 러시아와 중국도 이라크에 대한 국제 제재를 해제하라고 요구하고 있습니다. 프랑스와 이탈리아 또한 중립적인 입장으로 돌아섰습니다."

루슬란 비서실장도 이라크 진출에 대한 강한 의지를 드러냈다. 그의 말처럼 이라크에 대한 국제 제재를 앞장서는 나라는 미국과 영국이었다.

걸프전에 참전했던 프랑스와 독일도 이라크에 대한 경제 제재 해제를 은연중에 바라고 있었다.

이는 이라크에 묻힌 석유와 함께 경제 재건에 따른 자국 기업의 건설 공사 참여를 바라는 마음이었다.

아시아에서는 일본과 한국도 이라크 진출을 노리고 있었다.

"이라크는 확인된 유전만 73곳입니다. 이라크 내 사정과 경제 제재로 인해 15곳에서만 기름을 퍼 올리고 있습니다. 더구나 이라크의 원유 채굴 생산비는 배럴당 99센트~1.48달러에 불과합니다. 석유 회사의 입장에서 보면 이라크의 원유는 한마디로 노다지입니다."

니콜라이 대표가 다시금 강하게 이라크 진출에 대한 의사를 피력했다.

원유 채굴에 들어가는 세계 평균 생산 비용은 5~10달러였다.

2달러도 되지 않는 이라크의 생산 비용은 엄청난 경쟁력이었다.

현재 국제 유가는 배럴당 14~15달러 사이를 오가고 있었다.

"현재까지 확인된 원유량은 얼마나 되지?"

말을 듣고 있던 나는 니콜라이 대표에게 물었다.

"1,120억 배럴입니다. 원유 조사가 진행되면 지금보다 2배로 늘어날 수 있습니다."

전 세계 석유 소비량은 하루에 7,500만 배럴이었지만 앞으로 그 양은 빠르게 늘어날 전망이다.

러시아에 이어 이라크의 석유를 확보하게 된다면 니콜라이의 말처럼 국제 원유 시장에서 룩오일NY Inc의 영향력은 확고해질 것이다.

"이라크의 석유를 파이프라인을 이용해 유럽으로 돌린다면 상당한 이익이 발생하겠군."

미래에 러시아가 추진하려고 했던 파이프라인이 생각났다. 이라크에서 시리아를 거쳐 터키로 이어지는 파이프라인이었다.

이를 막기 위해 이슬람 극단주의 무장 세력인 이슬람국가(ISIS) 퇴치를 빌미로 시리아에서는 내전이 더욱 확대 발생했고 수많은 난민이 발생했다.

하지만 지금은 시리아를 통하지 않고도 터키를 거쳐 그루지야(조지아), 그리고 체첸공화국의 그로즈니로 연결할 수 있다면 이라크의 석유를 배가 아닌 파이프라인으로 유럽에 공급할 수 있었다.

그렇게 된다면 지금보다도 더 큰 이익을 가져올 수 있다.

"파이프라인을 통한단 말씀입니까?"

"터키와 그루지야를 거쳐 체첸의 그로즈니 파이프라인과 연결하면 유럽으로 공급할 수 있잖아."

내 말에 회의에 참석한 인물들의 표정이 달라졌다. 다들 파이프라인의 연결은 생각지 않고 있었다.

"그루지야(조지아)는 그렇다 해도 터키가 길을 내줄까요?"

현재 터키는 나토국이자 미국과 긴밀한 관계에 있었다. 닉스E&C의 박대호 대표의 말이었다.

그는 룩오일NY가 진행하는 일들과 러시아에서의 위상을 아직은 잘 모르고 있었다.

"정치적인 문제로 접근해서는 안 됩니다. 경제적인 측면에서 터키에도 이득을 주는 방안을 마련하면 됩니다. 터키는 광활한 국토에서 먹거리가 풍족하게 나오는 천혜의 땅이지만, 석유 등의 에너지 자원은 부족합니다. 그 때문에 안정적인 에너지 공급을 받길 원하고 있습니다. 미국과 영국이 주도하려고 하는 카스피해 파이프라인을 이라크와 함께 우리가 역으로 가져가는 것입니다."

이라크와 터키는 국경 문제와 함께 쿠르드족 문제로 관

계가 좋지 않았다.

이라크에서 터키로의 원유 공급 또한 이루어지지 않았다.

터키는 구소련에서 독립한 아제르바이잔과 아르메니아, 그리고 그루지야를 통한 원유 수급을 노리고 있었다.

이들 국가가 접하고 있는 카스피해는 중동에 이어 세계에서 두 번째 산유량을 가지고 있다.

미국과 영국의 석유 기업들인 아모코와 엑슨, 브리티시 오일 등은 아제르바이잔과 카자흐스탄에서 생산된 석유가 그루지야를 커져 터키로 수송되는 송유관 건설에 관심을 두고 있었다.

이는 중동 지역의 석유 의존을 줄여 석유 공급원의 다변화를 꾀하는 동시에 카스피해의 석유를 러시아 세력권에서 빼내어 석유 지배력을 약화시키려는 전략이었다.

룩오일NY는 러시아와 정부와 함께 이러한 시도를 막고 있었다.

"회장님의 말씀이 맞습니다. 파이프라인 건설은 단순히 통과세 징수 수단이 아니라 자본을 끌어들이는 보증수표입니다. 터키와 그루지야의 경제에도 상당한 이익이 돌아가는 일입니다. 만약 이라크의 원유를 새로운 파이프라인을 통해서 유럽으로 공급할 수 있다면 카스피해의 석유 지배력도 더욱 공고히 할 수 있습니다."

룩오일NY Inc를 이끄는 니콜라이는 내 말에 밝은 표정으로 힘을 보태며 말했다.

러시아와 독립국가연합 국가들의 석유 산업에도 지대한 영향력을 끼치는 룩오일NY Inc는 카스피해의 석유를 지키기 위해 막대한 투자를 진행하고 있었다.

"이라크와 현실적인 협상을 진행하기 위해서는 사담 후세인 대통령을 직접 만나봐야겠습니다."

"직접 이라크로 들어가시겠다는 말씀입니까?"

내 말에 김동진 비서실장이 놀라 물었다.

"지금 당장이 아니더라도 이라크의 석유는 놓칠 수 없는 유혹입니다. 먼 미래를 생각해서도 사담 후세인 대통령이 내민 손을 잡는 것이 좋을 것 같습니다."

이라크의 원유를 확보한다면 룩오일NY Inc는 누구도 넘볼 수 없는 세계 1위의 석유 기업으로 올라설 수 있었다.

새벽까지 이어진 회의로 늦잠이 들었다.

닉스홀딩스와 룩오일NY에 속한 대표들은 회의가 끝난 뒤에도 삼삼오오 짝을 이루어 각자의 방으로 들어가 이야기를 더 나누었다.

이라크의 진출은 석유 지배력에 대한 우위를 점하려는 일이었지만 그만큼 위험이 뒤따르는 일이었다.

이라크의 석유를 노리는 세력은 다름 아닌 웨스트와 이스트 세력이었기 때문이다.

*　　　*　　　*

이틀 동안 쿠웨이트 관리들과 관계자들을 만나 쿠웨이트에서 진행할 사업들에 대한 계약과 사업에 관해 이야기를 나누었다.

"쿠웨이트 지역은 복구가 대부분 끝났지만, 그 외의 지역들은 아직도 공사가 진행되고 있습니다."

수도인 쿠웨이트를 벗어나자 부서진 건물들이 보였다.

걸프전이 끝난 지 7년이 되었지만, 아직도 복구가 이루어지지 않은 곳이 적지 않았다.

쿠웨이트가 제일 먼저 복구한 곳은 이라크군이 불을 지른 유정과 석유 시설들이었다.

"전쟁의 상처가 깊은 것이지요. 쿠웨이트와의 협력도 유지하면서 이라크에 대한 진출을 생각해야 합니다. 둘 중 하나를 포기하는 것보다는 둘 다 가지고 가는 것이 좋으니까요."

"하하하! 회장님께서는 욕심이 많으신 것 같습니다."

내 말에 김동진 비서실장은 웃으면서 말했다.

"석유는 버릴 수 없습니다. 한국과 러시아가 경제 위기에서 빠르게 벗어나기 위해서는 석유와 금융뿐입니다. 이 두 가지는 닉스홀딩스와 룩오일NY를 지켜주는 방패와 갑옷이기도 합니다."

미래에 먹거리인 통신과 반도체, 전자상거래, 그리고 영화 산업은 두 회사의 공격 무기다.

하지만 이들 산업에서 큰 이익을 내기 위해서는 좀 더 시간이 필요했다.

"그럼 쿠웨이트가 요청한 중화학단지 건설은 진행하실 것입니까?"

"좀 더 생각을 해봐야겠습니다. 지금은 이라크와 연결된 문제를 풀어야 할 것입니다. 우리가 후세인의 목숨을 살릴 수도 있으니까요."

"후세인 대통령이 죽기라도 하는 것입니까?"

내 말 김동진 비서실장이 놀라며 물었다.

"미국과 이대로 대결 구도를 이끌어가면 후세인 대통령의 권좌도 오래가지 못합니다. 아니, 무슨 수를 쓰더라도 미국은 후세인을 제거한 후 이라크의 석유를 탐하려고 할 것입니다."

미래에 일어나는 이라크 전쟁은 사담 후세인의 몰락과 함께 죽음을 맞이하게 했다.

2001년에 일어난 9.11테러 이후 미국은 북한과 이란, 그리고 이라크를 세계 평화를 위협하는 악의 축으로 지정했다.

그 이후 미국은 대량살상 무기 파괴의 목적과 함께 사담 후세인과 바트당의 독재에 신음하는 이라크 민중을 해방한다는 핑계로 이라크를 침공했다.

이는 이라크에 민주주의(친미) 정권을 수립하여 중동 평화와 세계 평화에 이바지하겠다는 목적으로 제2의 걸프전쟁을 일으킨 것이다.

하지만 이것은 석유와 중동 지역을 자신의 발아래 두려는 미국의 전략, 즉 웨스트 세력의 목적이었다.

웨스트 세력에 협력하는 국제석유자본과 군산복합체의 이익 때문이기도 했다.

"회장님 말씀대로라면 미국의 욕심은 끝이 없는 것 같습니다."

"미국의 욕심은 곧 웨스트와 이스트의 욕심입니다. 걸프 전쟁에서 실질적인 군사력을 동원한 나라는 미국과 영국이니까요. 앞으로도 전쟁이 벌어지면 이 두 나라가 앞장설 것입니다."

이라크 전쟁은 정확히 2003년 3월 10일 발생한다.

아직 5년 후의 일이었지만 전쟁이 일어난 이후 중동과 아랍권은 많은 것이 달라졌다.

차량 행렬은 아마디 공군기지가 들어설 부지에 도착했다.

아마디 공군기지 공사에는 공군기지에 근무하게 될 인력들의 거주지 공사도 함께 진행된다.

걸프전 때 쿠웨이트 공군의 주력기는 미국제 A—4 스카이 후크 19대와 프랑스제 미라지 전투기 16대였다.

이라크군이 침공할 때 쿠웨이트 공군은 제대로 맞서지도 못하고 사우디아라비아로 도망치듯이 피신했다.

사우디 동부 다란에 킹압둘 아지즈 공군기지 한구석에 임시 기지를 설치한 쿠웨이트 공군은 격납고도 이용하지 못한 채 전투에 임했다.

이후 쿠웨이트는 공군력 강화에 집중했고 미국의 F/A—18 호넷을 들여와 주력기로 사용 중이었다.

아마다 공군기지가 완공되면 F/A—18D 8대가 새롭게 들어온다.

"공군기지는 전면 방향에 건립될 예정입니다. 그 뒤쪽으로 숙소와 보급기지 공사도 함께 진행될 것입니다."

일주일 전에 쿠웨이트에 들어와 있던 닉스E&C 측량팀

이수택 부장의 설명이었다.

닉스E&C는 쿠웨이트 공사가 중동 진출의 첫걸음이었다.

내 주변으로는 90명에 달하는 경비 인력이 중화기를 들면서 사방을 경계했다.

"공사 진행은 언제쯤 들어갈 수 있습니까?"

"다음 달 중순에 시작할 예정입니다. 쿠웨이트 쪽에서도 빨리 공사가 진행되길······."

닉스E&C의 박대호 대표의 말이었다.

아마다 공군기지 부지를 둘러본 지 15분쯤 지났을 때였다.

공군기지 부지 옆으로 나 있는 도로에 이십여 대의 트럭이 지나가고 있었다.

이들은 UN 깃발을 단 트럭들로 긴급 구조 물품을 이라크로 수송하는 차량이었다.

이들 차량은 국경 지대의 이라크 마을에 인도주의에 따라 식량과 의료품을 공급하고 돌아오고 있었다.

이라크는 8년째 외국인 투자와 석유 수출 금지로 인해 식료품 가격 폭등과 함께 이라크 디나르화의 폭락으로 최악의 경제 사정을 겪고 있었다.

그때 한 차량의 운전자가 쓰레기를 버리듯 무언가를 밖으로 내던졌다.

트럭이 지나간 후 티토브 정이 운전사가 던진 물건을 나에게로 가져오고 있었다.

"답이 왔군."

사담 후세인에게 전달했던 답변이 온 것이다.

Chapter 14

　터키 북서부 부르사주의 주도인 부르사의 한 건물에 네
명의 사내들이 모여 있었다. 건물 외부에는 십여 명의 사내
들이 긴장한 표정으로 경비를 서고 있었다.

　"여기서 물러나면 끝입니다. 죽든지 살든지 결판을 내야
합니다."

　"크리시토의 말이 맞습니다. 이대로 터키에서 물러나면
우린 이탈리아 반도에 갇히고 맙니다."

　"음, 문제는 놈들은 우리의 움직임을 파악하고 있지

만⋯⋯."

이탈리아 마피아의 코사 노스트라(우리 것)에 속한 발로
텔리가 말을 끝마치기 전에 폭발음과 함께 건물이 크게 흔
들렸다.

쾅! 쿵!

"습격이다!"

타타다다탕! 타다타탕탕!

쾅— 앙!

그리고 이어진 고함에 맞추어 총소리와 폭발음이 연이어
들렸다.

"이런 제기랄!"

발로텔리는 분노를 터뜨렸다. 예상했던 것보다 먼저 러
시아 마피아가 선수를 친 것이다.

"일단 자리를 피하십시오."

보느치의 말에 언더보스(부두목급)인 발로텔리는 급하게
뒷문으로 향했다.

그의 앞과 뒤로 네 명의 인물이 호위하면서 뒷문을 열고
나가는 순간 발로텔리는 더는 움직일 수 없었다.

문밖에는 3명의 사내가 대전차 미사일을 겨누고 있었기
때문이다.

쿠웨이트 정부와 다각적 협력관계를 체결한 후 터키의 이스탄불에 도착했다.

터키 방문은 사업 목적보다는 휴식을 위한 방문이었다.

닉스홀딩스 관계자들은 한국으로 돌아갔고, 룩오일NY의 일부 관계자들만 나와 동행했다.

마르마라해가 훤히 보이는 닉스이스탄불호텔에 여장을 풀었다. 닉스이스탄불호텔은 터키에 소피아호텔을 닉스호텔이 인수해 새롭게 단장한 호텔이다. 닉스호텔은 세계 유명 관광지의 현지 호텔을 인수하거나 새롭게 짓는 방식으로 호텔 체인망을 넓혀가고 있었다.

"쿠웨이트에서의 일은 잘 마치셨습니까?"

닉스이스탄불호텔에서 나를 기다린 인물은 말르노프 조직을 이끄는 샤샤였다.

"잘 끝냈지. 이곳에 대한 정리는 끝이 났나?"

"예, 코사크 정보팀의 도움으로 코사 노스트라 조직의 핵심 인물들을 모두 처리했습니다. 이탈리아 마피아는 더는 터키에서 볼 수 없게 되었습니다."

내 말에 샤샤는 자신감 넘치는 말로 답했다.

"생각했던 것보다 빨리 끝났군."

"이탈리아 놈들이 분열한 것이 결정적인 역할을 했습니다. 사크라 코로나 우니타(신성왕관연합)에 이어 은드란게타(용기)에서도 우리에게 손을 내밀었습니다. 이 때문에 코사 노스트라가 요청한 도움을 두 조직이 거부했습니다."

코사 노스트라는 은드란게타에게 그리스에 진출한 말르노프 공격을 요청했지만, 그들은 오히려 이러한 사실을 샤샤에게 알려주었다.

"이탈리아 사람들은 셈이 빠르지. 터키의 현지 조직들은 협조를 얻어냈나?"

"예, 코사 노스트라와 연계된 조직들 대다수가 저희에게 협조하기로 했습니다. 저항은 곧 저들에게는 악몽으로 도래한다는 것을 이번에 확실히 알려주었습니다."

막강한 화력의 말르노프는 두려울 것이 없었다.

유럽의 국제 무기 암시장을 장악하다시피 한 말르노프는 러시아제 무기는 물론 미국제 무기까지 시장에 공급하는 실정이었다.

"그럼 터키를 통해 이라크로 무기를 공급하는 것에는 문제가 없겠군."

"이라크에 말입니까?"

샤샤는 내 말에 놀라는 표정이었다.

"사담 후세인이 우리에게 도움을 요청했다. 이라크군에 필요한 무기와 부품에 대한 목록이야."

샤샤에게 3.5인치 플로피디스크를 건넸다.

"전쟁이라도 다시 할 예정입니까?"

"이라크를 미국으로부터 지키고 싶다는군. 10억 달러는 이미 선금으로 받았으니까. 필요한 무기를 공급해 줘. 이라크의 석유를 우리가 가져오기 위해서는 신뢰를 보여주어야 하니까."

후세인은 스위스 비밀 계좌에 들어 있는 통치 자금 중 10억 달러를 보냈다. 미국과 영국의 봉쇄로 인해 부품 공급이 이루어지지 않은 이라크의 무기 체계는 형편없었다.

더구나 걸프전으로 상당한 피해를 본 후였기 때문에 쿠웨이트를 다시 침공할 여력도 사라졌다.

"미국이 이라크를 침공하는 것입니까?"

"지금은 아니더라도 나중은 모르는 일이지. 미국은 항상 중동의 석유를 지배하려고 하니까 말이야. 더구나 이란에 이어서 이라크까지 반미에 앞장서는 것을 부담스러워하고 있지."

이란을 견제하기 위해 이라크를 이용했던 미국은 이라크의 변심을 경계했다.

더구나 이라크는 미국과 긴밀한 협조 관계를 맺고 있는

사우디아라비아와 국경을 맞대고 있었다.

"알겠습니다. 무기 공급은 언제쯤 진행하면 되겠습니까?"

"빠르면 빠를수록 좋아. 미국의 눈을 최대한 피해서 공급이 이루어져야만 해."

"우선 아제르바이잔 창고에 있는 무기를 공급하겠습니다. 헬기나 비행기 부품은 시간이 걸릴 것입니다."

말르노프는 독립국가연합과 동유럽에 상당한 무기를 보관하고 있었다.

러시아와 동유럽의 혼란기 때 흘러나온 무기들로 그 양이 만만치가 않았다.

"특별히 대공화기인 2K22 퉁구스카를 이라크에 공급해주게."

"퉁구스카를 말입니까?"

구소련은 대공화기인 자주대공포 쉴카를 배치해 운용했다. 그런데 미국이 공격 헬기인 AH－64나 근접 항공기인 A－10 선더볼트II 등을 개량하면서 23㎜ 기관포를 방어할 수 있게 되어 새로운 대공자주포 개발에 들어가게 되었고, 그 무기가 퉁구스카였다.

퉁구스카에 장착된 레이더의 탐지거리는 최대 18km에서 날아드는 공격 무기를 파악할 수 있었고, 최고 속도 65km로

달릴 수 있다.

공격 무기는 수랭식 2연장 기관포인 2A38M 30㎜ 2문이 장착되어 있으며 유효 사거리는 4㎞로, 탄환은 유효 사거리를 넘으면 자체 폭발한다. 대공미사일은 10㎞ 사거리를 가지는 9M311 8발을 장착한다.

"걸프전 때 미국의 아파치와 선더볼트에게 이라크의 전차들이 학살을 당하지 않았나?"

"퉁구스카의 가격은 만만치가 않습니다."

퉁구스카의 가격은 대당 천만 달러가 넘었고, 지원 차량과 재장전 차량까지 모두 갖추려면 적어도 8천만 달러가 소요되었다.

"후세인에게는 돈이 중요하지 않아. 그는 자신과 이라크를 지킬 확실한 무기가 필요하지. 우린 무기 공급과 함께 이라크를 새롭게 재건할 것이네. 러시아의 보호 아래 이라크를 두는 거지."

"알겠습니다. 퉁구스카를 수배하겠습니다."

퉁구스카는 현재 러시아와 인도군이 사용 중이다.

사실 이라크가 요청한 무기 목록에 퉁구스카는 들어 있지 않았다.

러시아가 이를 허락하지 않으리라고 생각했기 때문이다.

사담 후세인은 아직 나에 대해 잘 알지 못했다.

*　　　*　　　*

닉스이스탄불호텔에서 3일간의 휴식을 취한 후 나를 비롯한 몇몇 인물들은 비밀리에서 터키—이라크 국경 지대로 향했다. 터키의 남동부에 위치한 시르나크에 도착하자 선발대로 출발했던 티토브 정과 경호 요원들이 합류했다.

"오늘 밤 자정에 출발할 것입니다."

"장소는?"

티토브 정의 말에 김만철 경호실장이 물었다.

"모술에서 하룻밤을 머문 후에 바그다드로 들어갈 예정입니다."

"곧장 바그다드로 향하는 것이 아니군요?"

"미국의 감시가 심해지고 있어 이라크 쪽에서 조심스러워합니다."

"좋습니다. 중요한 것은 우리의 움직임을 파악하지 못하게 해야 한다는 것입니다."

"유럽의 감시망을 회복하기 위해 터키에 머무는 CIA 요원들 상당수가 빠져나갔습니다. 우리의 움직임을 파악하지 못했을 것입니다. 이미 회장님은 터키를 떠난 것으로 되어 있으니까요."

코사크 정보센터와 FSB(러시아연방보안국)를 통해 터키와 중동의 CIA를 감시했다.

"후세인 대통령을 어떻게 설득하느냐가 관건입니다. 이대로 미국과 대결을 벌이는 것은 결국 후세인은 물론 이라크를 파국으로 이끌 것이니까요."

지금은 이라크의 문제를 한꺼번에 해결할 수는 없었다. 러시아와 한국의 경제 문제도 아직 해결한 상황이 아니었기 때문이다. 러시아가 이전의 힘을 되찾아야지만 미국에 대항할 수 있었다.

"후세인도 지금의 상황에서는 회장님 외에 답이 없다는 것을 알 것입니다."

난 루슬란 비서실장의 말에 고개를 끄떡였다. 이라크 방문은 룩오일NY의 루슬란 비서실장도 함께했다.

터키에서 이라크로 넘어가는 실로피 국경 검문소에는 수십 대의 트럭과 버스들이 이라크로 넘어가려고 준비 중이었다.

이들 차량들에는 의약품과 생활용품들이 가득했다. 이라크의 상인들이 터키에서 구매한 상품들이었다.

터키 군인들은 상인들이 건네받은 돈 때문인지 그다지 신경을 쓰는 눈치가 아니었다.

미국의 경제 제재로 식량과 생필품이 부족한 이라크는 터키의 국경 지대에서 조금씩 여러 물품을 공급받았다.

큰 수량이 아니었기에 이러한 물품 반입을 미국은 눈감아주고 있었다.

나와 일행은 사업차 이라크의 모술에 들어가는 것으로 신고했다.

코사크 정보센터에서 준비한 신분증을 살핀 터키 군인은 별다른 말없이 우리가 탄 차량을 통과시켰다.

반대편 이라크 하부르 국경 검문소도 연락을 받았는지 차량을 그대로 통과시켰다.

이십여 대에 차량에 나누어 탄 경호원들은 17명뿐이었다.

5분 정도 지나자 오른쪽에서 십여 대의 차량이 우리 쪽으로 다가오는 것이 보였다.

이들 차량은 이라크에서 보낸 경호 차량이었고, 이들 중에는 이라크에 먼저 넘어간 경호원들도 함께였다.

상인들의 차량과 분리된 차량은 이라크 북동부에 위치한 다후크주의 주도인 다후크로 향했다.

2시간 정도 달려온 차량은 다후크에 무사히 도착했다.

다후크는 2십만 명이 살아가는 도시로 쿠르드족 자치지구이기도 하다.

한국의 70년대 풍경을 연상시키는 도시는 눈에 띄는 건물이 없었다.

"모술로 가는 것이 아니었습니까?"

모술은 인구 58만에 이라크의 수도 바그다드 다음가는 큰 도시이며 북부 이라크 경제의 중심지이다.

"이라크의 갑작스러운 요청으로 다후크로 바뀌었습니다."

티토브 정의 말이었다.

중간에 합류한 경호 차량들은 모술이 아닌 다후크로 차량을 인도했다.

"모술에 문제가 생겼나?"

이라크에 먼저 들어온 코사크 대원에게 물었다.

"모사드에서 움직임을 보인 것 같습니다. 이라크 정보부가 모술 지역에서 모사드 첩자를 체포했다고 합니다."

이라크는 다른 중동 국가들처럼 이스라엘과 적대적인 관계였다. 이라크는 이스라엘과 국가 수립 문제로 분쟁하는 팔레스타인을 지원했다. 이 때문에 모사드는 이라크에 대한 감시를 놓치지 않았다.

"음, 모사드가 우리의 방문을 알게 되면 미국에도 전해지겠지."

이스라엘의 모사드와 미국의 CIA는 밀접한 관계를 맺고 있었다. 더구나 중동 문제에서는 같은 길을 걷고 있었다.

그때였다. 잠시 휴식을 취하는 숙소에 한 남자가 여러 명의 경호원과 함께 들어오고 있었다.

"이라크에 오신 것을 환영합니다. 저는 사담 후세인 대통령의 아들인 쿠사이 후세인입니다."

훤칠한 키와 잘생긴 외모를 지닌 쿠사이는 후세인 대통령의 둘째 아들이었다.

그는 이라크 권력 서열 2위에 올라선 인물이었다.

사담 후세인에게는 두 명의 아들과 세 명의 딸이 있다.

후세인의 후계자였던 첫째 아들인 우다이 후세인은 그의 이상한 기행과 암살 위기 이후 영구적 장애로 인해서 후계 지위를 동생인 쿠사이에게 빼앗겼다.

사담 후세인 이후 이라크를 이끌 쿠사이가 다후크에 직접 나타난 것이다.

『변혁1990』 37권에 계속…

초대형 24시 만화방

신간 100%, 샤워실, 흡연실, 수면실(침대석), 커플석, 세탁기 완비

▪ 광명 광명사거리역점 ▪

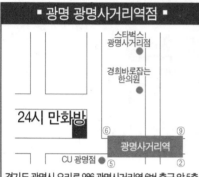

경기도 광명시 오리로 986 광명사거리역 6번 출구 앞 5층
02) 2625-9940 (솔목타워 5층)

▪ 강북 노원역점 ▪

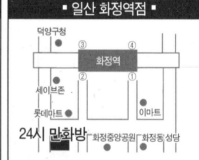

서울 노원구 상계동 340-6 노원역 1번 출구 앞 3층
02) 951-8324 (화용빌딩 3층)

▪ 일산 정발산역점 ▪

라페스타 E동 건너편 먹자골목 내 객잔건물 5층
031) 914-1957

▪ 일산 화정역점 ▪

경기도 고양시 덕양구 화정동 984번지 서일빌딩 7층
031) 979-4874 (서일사우나 건물 7층)

▪ 부천 역곡역점 ▪

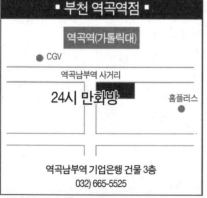

역곡남부역 기업은행 건물 3층
032) 665-5525

▪ 부평역점 ▪

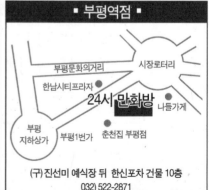

(구)진선미 예식장 뒤 한신포차 건물 10층
032) 522-2871

FUSION FANTASTIC STORY

임영기 장편소설

상남자 스타일

의뢰 성공률 100%를 자랑하는 만능술사 '골드핑거' 강선우.
사실 그에겐 말 못 할 비밀이 있는데…….

바로 신족의 가문 '신강가(神姜家)'와
다국적 기업 '스포그(SFOG)'의 도련님이라는 사실!

*"내가 만능술사를 하는 이유는
세상을 이롭게 하기 위해서야."*

돈이면 돈, 권력이면 권력, 능력이면 능력.
모든 것을 다 가진 그가 해결 못 할 의뢰는 없다!
지금 전 세계가 그의 행보에 주목한다!

Book Publishing CHUNGEORAM

유행이 아닌 자유추구-
WWW.chungeoram.com

한의 韓醫 스페셜리스트

가프 장편소설

FUSION FANTASTIC STORY

돌팔이 소리만 듣던 한의사 윤도.

달라지고 싶은 마음에 찾아간 중국 명의순례에서
버스 추락 사고에 휘말리고 마는데…….

구사일생으로 살아 돌아온 지 30일.
전에 없던 스페셜한 능력들이 생겼다?

초짜 한의사에서 화타, 편작 뺨치는 신의로!
세상의 모든 질병과 인술 구현에 도전한다!

Book Publishing CHUNGEORAM